生きることとしてのダイアローグ

生きることとしての
ダイアローグ

バフチン対話思想のエッセンス

桑野 隆

Takashi Kuwano

岩 波 書 店

はじめに

最近、ロシアの思想家ミハイル・バフチン(一八九五—一九七五年)の**対話論**が再評価され、さまざまな分野で応用されています。

バフチンの著作は文学、哲学、美学、言語学、心理学、文化人類学その他の領域におよんでいますが、そうした多面にわたる活動のなかでもとりわけ注目されてきたのは、**ポリフォニー論**(1)と**カーニヴァル論**(2)でした。その独創的なアプローチは、世界中で高く評価され、文学研究や文化研究に大きな影響をあたえてきました。とりわけ一九七〇年代から九〇年代前半にかけては、欧米圏や日本で、バフチン関係の著作や翻訳が相次いで刊行され、その理論は文学研究をはじめとする人文科学の諸分野に広く取りいれられました。

けれども、活況を呈したバフチン・ブームが一段落した二一世紀にあって、あらためて見なおされているのが、バフチン特有の対話論です。もともと、この対話論を実践的に応用しようとする動きは分野によっては早くから見られましたが、昨今ではさらに広がりを見せ、教育や精神医療、介護、異文化交流、第二言語習得、その他、多様な場で活かされるようになってきています。以前は主として作品解読のための理論としてつかわれていたものが、今日では現場での実践でもって評価されるようになってきたわけです。

ただその一方、そうした分野の実践者からは、「バフチンの対話論の特徴がいったいどこにあるのかがいまひとつわかりにくい」といった声も聞かれます。

そういわれてみれば、わたし自身にも心当たりがないわけではありません。わたしは、これまで著書や翻訳をとおしてバフチンの仕事を紹介してきましたが、かえりみると、対話論にしぼりこんでバフチンを広範な読者に向けて紹介したことがありません。多岐にわたるバフチンの仕事の全容を紹介するだけで精いっぱいか、あるいは逆に、たとえば文学研究や言語論のような個々の領域におけるバフチンの仕事をとりあげることが中心になっていました。

もちろん、そのさいにバフチンのいう〈対話〉の特徴にもふれていますが、それのみをあつかっているわけではありません。カーニヴァル論、小説論、笑い論、記号論なども同時にとりあげています。ほかの方々のバフチン論のおおくもほぼ同様だとおもいます(3)。まずは、このような多面におよぶ紹介がバフチンの対話論そのものの特徴をかえってわかりにくくしているものとかんがえられます。

けれども、問題はそれだけにかぎりません。じつは、バフチンは、二〇世紀初頭に西欧で目立った〈対話の哲学〉の代表者たちとちがって、哲学書や思想書をあらわして〈対話の哲学〉を展開したわけではありません。

バフチンは、その対話論をもっぱら一九世紀ロシアの作家ドストエフスキーの小説を例に引きながら説いています。もっと正確にいうならば、執筆の目的は、（すくなくとも表向きには）〈対話の哲学〉ではなく、「ドストエフスキーの創作方法の解明」にありました。そのため、バフチンの著作はまずは文学研究書として読まれてきました。じっさい、ドストエフスキーの作品の中身をある程度承知していないとわかりにくい箇所もすくなくありません。この点も、バフチンの対話論そのものが理解されにくい理由のひとつになっているものとおもわれます。

とはいえ、あらかじめことわっておきますが、バフチンの対話論を理解するためにドストエフスキーの作品を読むことが不可欠かといえば、かならずしもそうではありません。ドストエフスキーの小説がどのようなものであるかは、バフチンの対話論の理解とはまたべつの問題です。

さらには、バフチンのドストエフスキー論がドストエフスキーを「ただしく」解釈しているかどうかもまた、バフチンの対話論そのものの理解にさほど関係はありません。そのへんの判断は、ドストエフスキー研究者にゆだねておけばよいでしょう。

いまここで確認したいのは、バフチンの対話論そのものの特徴、すなわちバフチンが〈対話〉

ということでどのようなことを念頭においていたかということだけです。

そのため、本書では、さまざまな分野で仕事をのこしているバフチンの著作から、〈対話〉に直接かかわる部分にほぼしぼってテクストを引用しながら、読者のみなさんとともに内容を確認していくという方法をとることにしました。バフチンの対話論を知るための手引きのようなものを提供できればとかんがえています。

もっとも、やはりドストエフスキーは何度も登場することになります。話の流れのなかで、小説の内容にふれることもありますが、小説そのものを読んでいる必要はありません（あらすじは注にあげておきます）。以下では、ドストエフスキーを読んでいなくとも理解のさまたげにならないようなかたちで、バフチンの対話論を紹介してみたいとおもいます。

目次

I

対話的人間

1 「わたしはひとりで生きている」という幻想

バフチンは一九二〇年代初頭から執筆活動を開始していますが、独自の対話論を本格的に展開しはじめたのは二〇年代後半です。一九二九年に刊行された『ドストエフスキーの創作の問題』には、つぎのような一節があります。

在《あ》るということは、対話的に交通するということなのである。対話がおわるとき、すべてはおわる。したがって、対話はじっさいにはおわることはありえないし、おわるべきでない。(2. 156)

これは、バフチンの対話論の精髄ともいうべき見解ですが、バフチンの対話論がわかりにくかったり、あるいは誤解すらされやすいいちばんの理由も、案外、ここにあるのかもしれません。

わたしたちが存《あ》る＝生きているというのは対話をおこなっているということなのである、とのべています。まずは、こうした見解にとまどわれる方もすくなくないものとおもわれます。また、〈対話〉ということばがさしている中身もなにやら漠然としています。通常、〈対話〉と聞くと、まずは「向かいあって話しあう」状態がうかんできます。となれば、ここでは、「話しあうのをやめたとき、すべてはおわる。だから話しあいが不可欠である」といっていることになります。けれども、バフチンがいわんとしていることはけっしてそうではありません。

じつは、バフチンのいう〈対話〉は、ことばをもちいて「向かいあって話しあう」ばあいのみをさしているわけではありません。ことばをもちいるか否かに関係なく、ひとが相手に呼びかけ、相手がそれに応答するような関係一般をさしています。生きていくにあたっての姿勢のようなものをさしているともいえます。「対話的に交通する」というのも、そうした関係をさしています（バフチンは〈交通〉という一語で〈対話〉をあらわすこともあります。また、ほぼおなじような意味で、〈相互作用〉ということばもよくもちいます(4)）。

もちろん、そうした関係をつくるのにもっとも役立っているのは、ことばです。バフチンもまたそのようにかんがえています。その点からすれば、対話をテーマにしたほとんどの本が「向かいあって話しあう」状態をあつかっているのは、理由なきことではありません。

対話のたいせつさを説いた本は日本でもかぞえきれないほど出版されていますが、そのばあいも、通常、「向かいあって話しあう」状態が念頭におかれています。もちろん、ある文化とべつの文化の対話などといったように、比喩的につかわれるばあいもありますが。

ともあれ、注目したいのは、そうした本のほとんどが、「対話が必要である」とか「対話すべし」という方向で書かれていることです。努力して「向かいあって話しあう」ことこそが、ほかの人びととうまくやっていくための秘訣であるとか、社会をよくするというわけです。

ということは、現状では対話が欠けている、あるいは不十分であり、それがゆえにこそさまざまな問題が生じている、とかんがえていることになります。ところが、バフチンはそのようにかんがえておらず、もともとひとは対話的関係のなかにあるのだとみなしています。基本的前提が異なっているのです。

もっとも、「現状では対話が欠けている」という見方じたいはけっしてまちがったものではありません。たしかに、もうすこし対話があったならばふせげたのではなかろうかとおもわれるような不幸な出来事が、わたしたちのまわりでくりかえされています。けれどもそれと同時におもいおこしていただきたいのですが、わたしたちは、対話不足をこのように問題視するわりには、対話不足ということじたいをさほど「不自由」にも「不自然」にも感じていないきらいがあります。

対話不足をさほど「不自由」と感じていないことにかんしていえば、その背景として、以心伝心こそが美徳であるとする「伝統」とか、あるいはまた依然として個と社会のあいだであいまいにただよう「世間」の存在などがあげられています。日本特有の「甘えの構造」や集団主義などもよく例にあげられます。口にださずとも「空気」から察するのが特徴であるかのようにも、よくいわれます。いずれも、日本の特殊性と関係づけて説明しているわけです。

これにたいして、対話不足を「不自然」と感じていないこととなると、もはや日本の伝統からだけでは説明がつきません。むしろ西欧の近代の特徴が関係しています。またそれは、かなり西欧化してきた日本においてもひろがっている傾向でもあります。そこに共通しているのは、ひとというものはまずは一個人として存在しているのだ、あるいはそうあるべきだ、という暗黙の了解です。一個人として存在している状態が現実であるだけでなく、理想でもあるとされており、そこから出発して、あらためて個々人のつながりの意義を説いていくわけです。

もはやこれは、「向かいあって話しあう」という意味での対話の枠を超えでた生き方そのものの問題であり、さきほどのバフチンの対話観が関係してきます。バフチンは、「人間がこの世に存在している」ということは、「対話をしている」「対話的関係にある」ということなのだといっていました。それどころか、「対話がおわるとき、すべてはおわる」とまで断言していました。つぎのようにも述べています。

ひとつの声はなにもおわらせはしないし、なにも解決しない。ふたつの声が、生きていくための必要最低限《ミニマム》の条件であり、存在していくための必要最低限《ミニマム》の条件なのである。(2.157)

すなわち、ただひとりの人間、ただひとつの声では、なにもできない、なにも解決しないというわけです。

一個人としてあるよりさきに、個人と個人の相互関係があるという考え方です。バフチンの考えでは、〈対話〉状態のほうが自然なのです。「生きている」ということは「対話をしている」ということ、あるいは逆に、「対話をしている」ことが「生きている」ということなのです。まずはこの基本前提を承知しておかないと、バフチンの対話論にはついていきにくいところがあります。

もちろん、これにたいしては、「個の自立がさきだろう」との反論も十分に予想されますが、すくなくともバフチンはそのようにはかんがえていません。対話的関係のなかにあってはじめて、個も自立できるとかんがえています。個々人がかけがえのない唯一の存在であることは、対等な対話的関係のなかではじめて可能であるというのです。

「対話がおわるとき、すべてはおわる」は、もはやバフチンの〈主義〉といってもいいでしょう。バフチンの思想全体の特徴をあらわすために〈ダイアロジズム〉というカタカナ語がつかわれることがありますが、わたしとしてはもっと直截に〈対話主義〉と訳したいところです。対話状態こそ自然とかんがえるのは、バフチンの思想なのです。

このように対話的関係にある状態が人間にとっていかに根底的なことであるかは、「一九六一年の覚書」でもつぎのように強調されています。

> 生きるということは、対話に参加するということなのである。すなわち、問いかける、注目する、応答する、同意する等々といった具合である。こうした対話に、ひとは生涯にわたり全身全霊をもって参加している。すなわち、眼、唇、手、魂、精神、身体全体、行為でもって。(5. 351)

要するに、バフチンによれば、ひとは生きているかぎり、全身全霊つねに対話的関係のなかにあります。対話こそが、わたしたちの本来の環境なのです。にもかかわらず、そのことを人びとは自覚しないままに、日々を過ごしたり、世界観をねりあげたりすらしている、といったところでしょう。

また、この引用箇所では、バフチンのいう〈対話〉がことばによる対話だけではないことが具体的に例示されています。すなわち、声だけでなく、「眼」や「唇」、「手」「魂」「精神」「身体全体」「行為」などによっても、〈対話〉していることが強調されています。

これはごくあたりまえのことをのべているようにおもわれるかもしれませんが、じっさいには、対話を論じたさまざまな文献では、言語中心になっていることがおおく、「眼」や「唇」、「手」「身体全体」「行為」などによる対話はあまり重視されていません。けれども、「眼は口ほどに物をいう」こともよくあります。

また、バフチンは、主として小説や言語を対象としながら対話論を説いていることも関係して、〈声〉という用語をよくつかいます。人格を〈声〉で代表させているともいえます。ただし、これまたやっかいなことに、この〈声〉もさまざまな意味でもちいられています。

ここには、声の高さも、声域も、声色も、美的カテゴリー（情感的な声、芝居がかった声、その他）もふくまれる。ひとの世界観や運命もふくまれる。ひとはひとまとまりの声として対話にくわわる。ひとは自分の考えだけでなく、自分の運命、自分の個性全体でもっても、対話に参加する。（5. 351）

〈声〉は、一般的な意味での声にとどまるものではありません。たしかに狭義での声にかんしても「高さ」や「声域」、「声色」その他さまざまな要素に注目すべしとしているのですが、それればかりか、〈声〉は人格であり、対話的関係の比喩にもなっています。〈声〉にかんしてはあとでもとりあげますが、ともあれここまでさまざまな要素が〈声〉にふくまれているとなると、読者としては、その都度どこまでが声そのもので、どこからが比喩のつもりなのか、とまどうこともあろうかとおもいます。

ところで、バフチンがどこまで〈対話主義〉をつらぬいているのかは、つぎのような見方にも示されています。すなわち、バフチンは、問題解決などのためにはすくなくとも二人が必要であるとのべているだけではありません。これだけなら、対話の意義を説くおおくのひとたちも強調しています。これにたいしてバフチンは、そもそも対話的関係なくしては、ひとはあるがままの自分になることすらできないとまでのべています。

> 対話では、人間は外部に自分自身をあきらかにするだけでなく、あるがままの自分にはじめてなるのである――くりかえすが、それは他者にたいしてだけでなく、自分自身にとってもである。(2. 156)

自分が「あるがままの自分」になるのも、対話のなかにおいてなのです(もっともこの「自分」は、他者との関係のなかにある以上、流動的な「自分」です。「自分」は不動ではありません）。このように、バフチンからすれば、わたしたちのだれにとっても、〈対話〉が自然な状態なのです。

ということは、逆に、孤独な状態のほうは不自然であり、当人も「あるがままの自分」になれていないことになります。

バフチンは「分離、孤立、自己への閉じこもりは、自分自身の喪失の基本的理由である」(5.343)ともものべています。たしかに、関係のわずらわしさゆえに孤独をみずからえらぶといったケースもあります。〈孤高〉という誇らしげな言葉すらあるくらいです。これにたいして、ここでバフチンが念頭においているのは、疎外された状態としての孤独です。この点についてはあとでまた見ていくことにしましょう。

なお、ここでもう一度確認しておきますが、さきにも見たように、バフチンは〈対話〉という用語を、ことばのやりとりや、芝居の台詞よりもひろい意味でつかっています。

対話的関係というものは、構文のかたちで表現された対話の台詞どうしの関係よりもはるかにひろい現象なのである。それは、普遍的ともいっていいような現象であり、人間のあらゆることば、人間の生のあらゆる関係やあらわれ、意味や意義をもつすべてのものを

つらぬいている。(6.51)

このように、まずは〈関係〉、〈相互作用〉に重点がおかれています。ただしすでに指摘したように、〈対話〉という用語を、ことばのやりとりそのものをさしてつかうばあいもあります。というか、ことばのなかにこそ対話的関係が端的に見てとれるとかんがえています。これには、バフチン特有の〈ことば〉観が関係していますが、この点もまたあとで見ていくことにしましょう。

それにしても、〈対話〉という用語がこのように多義的につかわれているのは、読者には不親切です。〈関係一般としての対話〉と〈ことばにあらわれた対話〉の区別を日本語でうまくあらわせればいいのですが、簡単ではありません。〈ダイアローグ〉と〈対話〉というふたつの用語をつかいわけるという方法もなくはありませんが、本文では区別を設けず〈対話〉としておきます。

たいせつなのは、ことばの交換をもふくむ「人間の生のあらゆる関係やあらわれ」に、バフチンが対話的関係を見てとっているということです。バフチンは、わたしたちがおのずと対話的関係のなかにあるのだということを、何度もくりかえしています。そこまで執拗に強調しなければならないほど、わたしたちには個による一方通行的な見方を優先する〈モノローグ原理〉がしみこんでいるということでしょうか。

じっさい、バフチンの生きた時代にかぎらず、今日でも、わたしたちは、えてして自分ひとりで物事をかんがえようとするきらいがあります。あるいは、自分ひとりでかんがえているとおもいがちです。さきにものべたように、自分ひとりの状態を出発点とみなす傾向があります。けれどもそれは、バフチンにいわせれば、不自然でしかありません。ばあいによっては不健康というか、病んだ状態にあるということになります。

ドストエフスキーは〔…〕出口なき**孤独**の文化のいっさいに対立している。かれは、孤独はありえず、幻想であると主張する。人間の(外的、内的双方の)存在自体が、**どこまでも奥深い交通**なのである。〔…〕資本主義は、特殊なタイプの出口なき孤独といった意識のための条件を生みだした。ドストエフスキーはこの悪循環する意識の欺瞞性をあますところなくあばいている。(5. 344-345)

資本主義は「出口なき**孤独**」という「幻想」をつくりあげる。人間はひとりで生きていける、あるいはひとりで生きていくしかないとの錯誤を引き起こす、というわけです。

こうした「幻想」は、ドストエフスキーが生きた一九世紀よりも、むしろ今日のほうが、蔓延しているのではないでしょうか。

2 ひとは永遠に未完であり、決定づけられない

さてこのように、本来ならわたしたちは――「幻想」や「錯覚」さえいだかなければ――対話的関係の網のなかにいるはずです。では、そのように対話的関係のなかにいるという「事実」を承知さえしていれば、それでいいのだろうかというと、けっしてそうではありません。

ややもすると、関係は意識しているものの、相手を対等な人格とみなしておらず、一方的に決定づけてしまうようなことが起こりえます。相手が眼のまえにいないような状況においては、なおさらそうなりがちです。じつは、バフチンはこうした決定づけをひときわおそれていました。

生きた人間を、当事者不在のまま完結させてしまうような認識にとっての、声なき客体と化してはならない。**人間のうちには、本人だけが自意識と言葉による自由な行為のなかで開示できるなにかがつねに存在しており、それは、当事者不在のまま外面化してしまうよ**

うな定義ではとらえきれない。〔…〕人間は生きているかぎりは、自分がいまだ完結していないこと、いまだ自分の最後の言葉をいいおわっていないことを生の糧《かて》としているのである。(6. 69)

こうした言いまわしには、バフチンの著作になじみのないひとは抵抗を感じるかもしれませんが、じっさいには、バフチンのいわんとしていることはそうむずかしいことではありません。当人がいないようなところで、そのひとのことをあれこれと評価する、とりわけ、どのような人間であるか決定づけてしまうようなことは、言語道断であるというわけです。それは、ひとを、〈人格〉としてではなく、〈客体〉としてあつかっている、すなわち〈モノ〉あつかいしていることになります。

ひとはだれしも、自分がどのような人間であるかを(程度差はあれ)意識しています。また、みずからすすんで、自分はこういう人間であると語る権利ももっています。自分がどのような人間であるかは、他人から勝手に決めつけられるようなものではありません。みずからが、伝えたいとおもうときに、ほかの人びとに伝えるものです。

もちろん、自分でも意識していなかったり、ことばにしていなかった点を、ほかのひとがあきらかにしてくれることもあります。ただし、そのようなケースは、あとで見るように、かなり高度な〈対話〉です。

この引用箇所でさらに重要なのは、ひとは、モノとはちがって、つねに変わりうる可能性を秘めているということです。当人も、そのことにうすうす気づいており、〈最後の言葉〉、つまり自分を最終的に決定づけるような言葉はおもてにだすことなく、胸の奥ふかくに秘めていま す。往々にして、かなり自虐的なひとですら、自分を最終的に決めつけたりはしません(バフチンの用語でいうならば、〈逃げ道〉を用意しています)。

だれしも未完結、未完成な存在なのです。ひとをみずからが、ましてやほかのひとが「完結させてしまう」、決めつけてしまうなどということは、あってはなりません。

にもかかわらず、じっさいには、わたしたちは、「Aさんは○○だから□□である」といったような決定づけをむじゃきにおこないがちです。そうしがちなひとは、もしかすると、自分をもむじゃきに決定づけているのかもしれません。

けれどもバフチンによれば、それは、相手や自分をモノあつかいしているということになります。たわむれにであれ、血液型や星座などでひとを決定づけることは、ばあいによっては深刻な事態をまねきかねません。ある種の「心理学」にもそのようなきらいがあります。いや、心理学にかぎらずさまざまな「科学」をよそおった決定づけは、テレビや週刊誌、インターネットの世界でも、うんざりするほどとびかっています。ひとつの型にあてはめる、つまりモノ化することが快感になっているのでしょう。

> 同時代の心理学にたいして〔…〕ドストエフスキーは否定的な態度を示していた。心理学は、人間をいやしめ、人間の心を**物象化**するものであり、そうした物象化が人間の心の自由さ、未完結性、（ドストエフスキー自身の主たる表現対象である）独特な**不確定性**——**未決定性**——を計算から除外している、とみなしていた。（6. 72）

人間の心を「**物象化**する」、すなわちモノあつかいするのではなく、心もまだまだ変わるかもしれないことを忘れてはならないというのです。人間の心は、本来、自由であり、完結などありえず、不確定要素に満ちています。そのことをたがいに忘れずにいることが、生きていくうえでの基本条件となるべきなのですが、じっさいには、そうたやすいことではありません。他人だけでなく、自分をも決めつけがちです。

けれども、バフチンはつぎのようにすらのべています。

> ひとは、けっして自分自身と一致することはない。ひとには、A＝Aという恒等式を適用することはできない。ドストエフスキーの芸術思想によれば、ひとが人格としてほんと

うに生きているのは、いわばそのひとと当人自身がこのように一致していない地点においてなのである。それは、そのひとの意思と関係なく〈当事者不在のままに〉盗み見られたり決定づけられたり予言されたりしかねないようなモノ的存在となっている一切の枠から、そのひとが脱出しようとしている地点なのである。(6. 70)

ひとは当人ぬきで決定づけられているような疎外状態、「モノ的存在」から脱出しようとしている、というのです。

あとでも見ますが、バフチンの強調するところでは、なんとおどろくべきことに、ドストエフスキーは、その小説においても、登場人物を〈キャラクター(性格)〉あつかいして最終的にタイプ化してしまうことをさけようとしていました。〈キャラクター〉と〈人格〉はまったくべつものなのです。〈キャラづけ〉するのは、〈人格〉無視であり、無責任であると、ドストエフスキーはかんがえていました。ここでいう〈キャラづけ〉とは、作者が登場人物を最終的に決定づけてしまうという意味ですが、それに似たような行為は、わたしたちの日常生活においても、一時期より目立ってきたような気がします。

アニメ、漫画、テレビゲームなども関係している可能性があります。もっとも、このこともまた、アニメや漫画に親しんできた人びとからすれば、それがどうした、といったところかもしれません。〈キャラづけ〉しないで物語などつくれるか、と反論されそうです。

これにたいして、バフチンは、それぞれ一人ひとりの〈人格〉をたいせつにしていました。あらためて確認しておきますが、対話主義は、個人主義と異なるだけでなく、集団主義や全体主義とも無縁です。ひとそれぞれがかけがえのない存在であるためには、〈対話〉が欠かせないのです。それだけではありません。バフチンは、〈人間の内なる人間〉をも重視していました。〈人間の内なる人間〉とは、人間が自分の内にやどしている知られざる部分をさしています。

対話的に向けられないまま他者の口から語られる、人間にかんする真実、すなわち**当事者不在の**真実は、もしそれがそのひとの「神聖不可侵」の部分、つまり〈人間の内なる人間〉にふれているばあいには、そのひとをいやしめる致命的な**虚偽**となる。(6. 70)

だれしも、他人から勝手に決めつけられて悲しみや怒りをおぼえたことは、これまでに一度ならずあったのではないでしょうか(ちなみに、バフチンの著作では〈対話〉がいくつかの意味でつかわれていることはすでにのべましたが、「対話的」という形容詞をもちいるときには〈対等〉〈責任〉〈自由〉などの価値観をともなっているケースがおおく見られます)。

では、それとは逆に、相手の人間の深層にある〈人間の内なる人間〉あるいは〈人格の真の生〉

をあかるみに引きだせたケースは、わたしたちにどれほどあったでしょうか。

みなさんのなかには、相手の深層にひそんでいる〈人間の内なる人間〉を引きだすことができた経験を有している方もいらっしゃるかもしれません。けれども、通常、それはとてもむずかしいことです。なにしろ往々にして、〈内なるもうひとりの自分〉は、当人すらあきらかにできずにあるわけですから。

バフチン自身は、それを可能とするには、相手に「**対話的に**染み入るしか道はない。そのとき、真の生は**みずからすすんで**こちらに応え、自由に自己を開いてみせるのである」とのべています(6. 70)。

バフチンは、ドストエフスキーの長篇小説『白痴』(5)から、つぎのような〈心に染み入る対話〉の例を引いています。主人公で「白痴」のムィシキン公爵が、「あばずれ女」あつかいされている女性ナスターシヤ・フィリッポヴナに向かって話している場面です。

「あなたも恥ずかしくないんですか! いったいあなたは、今ご自分が演じてみせていられるような、そんな人でしょうか? まさかそんなはずがあるでしょうか!」 突然公爵が、しみじみと心から咎めるような口調で叫んだ。

ナスターシヤ・フィリッポヴナははっと驚いてにやりと笑ったが、しかし何かその笑いの下に隠していたような様子で、いくぶん当惑気味にガヴリーラを振り向き、それから客間を出ていった。だがまだ玄関まで行きつかぬうちに不意に引き返すと、早足でニーナ夫人のもとへ歩み寄り、その手を取って自分の唇へと引き寄せたのである。

「私は本当にこんな女ではありません。あの人が言ったとおりです」彼女は口早に熱を込めてそうつぶやくと、突如見る見るうちに顔を真っ赤に染め、そのままくるりと振り向いてすたすたと出ていった。そのあまりの素早さに、彼女がなぜわざわざ戻ってきたのか誰一人として思いあたるいとまがないほどであった。

（望月哲男訳『白痴1』河出文庫、二〇一〇年、二四九頁）

この箇所について、バフチンはつぎのようにのべています。

たしかに、ドストエフスキーの構想によれば、ムィシキンは**心に染み入る言葉**、つまり他者の内的対話のなかに能動的に自信をもって介入し、その者が自分自身の声に気づくのを助けるような言葉をすでに身につけている。ナスターシヤ・フィリッポヴナがガヴリーラの部屋で〈堕落した女〉を必死に演じているとき、ナスターシヤ・フィリッポヴナのなかでの声どうしのもっとも激しい遮り合いの一瞬に、ムィシキンは彼女の内的対話のなかに

ほぼ決定的なトーンをもちこむ。(2. 144)

ナスターシヤ・フィリッポヴナ当人が気づきもしなかった〈人間の内なる人間〉を、ムィシキンが引きだしているというのです。

自分自身を語ることばを見つけられずにいるひと——あるいは葛藤しており、自分自身との対話という〈内的対話〉の悪循環のなかにいるひと——に、他者がもうひとつの声を——助けの手をさしのべるように——くわえる。それがうまく役立てばいいのですが、一歩まちがえば、かえって反発を買いかねません。

じつはこの例にかぎらず、ドストエフスキーの作品で見るかぎり、〈心に染み入る対話〉の能力を身につけているのは、むしろ「弱き者」や「変わり者」、格別に「心優しき者」であることに気づきます。そうしたひとからいわれたとき、ひとははじめて自分の「内なる自分」の存在に気づき、素直に開示しはじめるということでしょうか。

みなさんもそのような経験はなかったでしょうか。そこまで深層におよぶものではないにしても、おさない子どもにいわれて「そういわれてみれば、そうだな」などと妙に納得したというような話は、よく耳にします。

こうした例をバフチンは文学作品からいくつか引いているだけなので、みなさんのなかには、それらをかなり特殊な例とみなす方もいらっしゃるかもしれません。文学とちがって日常生活のなかでは、〈心に染み入る対話〉を実践できるひとなどそうはいないのでは、と。けれどもじっさいには、おもいのほかおおくのひとがこれに近いことをやれているのではないでしょうか。たとえば、「悩み相談室」の回答者の役割を特技としているひとがいます。そのひとには、相手の「心に染み入る」能力が相当にそなわっているのだとおもいます。すばらしいことです。ただしこのようなばあいは、相手側から相談をもちかけられている、すなわち相手側がなんらかの回答を受けとる用意ができている以上、バフチンのいう〈心に染み入る対話〉にくらべれば、反発を買うおそれは比較的すくないかもしれません。

これにたいし、〈心に染み入る対話〉のほうは、「他者の内的対話のなかに能動的に自信をもって介入し、その者が自分自身の声に気づくのを助ける」というのですから、かなり危険です。ひとによっては、それはもはや〈モノローグ〉ではないのかと感じられるかもしれません。ぎりぎりの〈対話〉だとおもいます。

もちろん、こうした「介入」が、たんに反発を引き起こすのでなく、心の奥底に秘めていたものが開示されたことをともに喜びあえれば、最高の対話ということになるでしょう。

3 ポリフォニー
――自立した人格どうしの対等な対話

さて、〈心に染み入る対話〉の極致にまでは達しなくとも、わたしたちにとっては、相手あるいは第三者を対等な人格とみなすことが、対話の最低条件といえます。相手を一方的に客体化し、モノあつかいし、勝手に決定づけるようなことがあってはなりません。わたしたちはたがいに未完の存在なのです。

じつはバフチンは、創作のばあいにおいてもこうした姿勢をとれる作者を、あきらかに高く評価しています。作者は、主人公を自分の立場からのみ性格《キャラクター》づけてはならない。作者もまた、主人公と対等に〈対話〉すべきであるとかんがえていました。

とはいえ、こうした考えは、簡単には受け入れられないかもしれません。作者が主人公を決定づけないということなど、はたして可能なのでしょうか。これは、むしろ日常生活におけるよりもむずかしそうです。バフチンは、そのような対話的立場につらぬかれた小説を〈ポリフォニー小説〉と名づけました。

自立しており融合していない複数の声や意識、すなわち十全な価値をもった声たちの真のポリフォニーは、じっさい、ドストエフスキーの長篇小説の基本的特性となっている。作品のなかでくりひろげられているのは、ただひとつの作者の意識に照らされたただひとつの客観的世界における複数の運命や生ではない。そうではなく、ここでは、**自分たちの世界をもった複数の対等な意識**こそが、みずからの非融合状態を保ちながら組み合わさって、ある出来事という統合状態をなしているのである。実際、ドストエフスキーの主人公たちは、ほかならぬ芸術家の創作構想のなかで、**作者の言葉の客体であるばかりでなく、直接に意味をおびた自分自身の言葉の主体にもなっているのである。**（2. 12）

この箇所は、ドストエフスキーの小説の特徴にかんしてのべており、しかもテーゼに近いようなかたちをとっているため、すんなりと頭にはいってこないかもしれません。

大きくわけてふたつのことがいわれています。

ひとつは、ドストエフスキーの長篇小説では登場人物や作者の「声や意識」、すなわち「複数の声や意識」がたがいに絡まりあっているのだが、ただし、たがいの自立性、独立性は保ったままであり、ひとつに溶け合ってはいない、一体化はしていないということです。

もうひとつは、作者は登場人物たちを客体化していない、モノあつかいしていないということです。

こうした創作方法を、バフチンは〈ポリフォニー〉という用語のもとに念頭においていました。バフチンによれば、ポリフォニー小説においては、登場人物どうし、あるいは作者と登場人物が、対等な関係のなかで対話をおこなっています。

登場人物どうしが対話しているというのは、納得がいくとおもいます。けれどもそれだけではなく、登場人物と作者も対話しており、「**自分たちの世界をもった複数の対等な意識**こそが、みずからの非融合状態を保ちながら」相互に作用しあっているというのです。

「えっ？　そんなことありえるの？」と、小説好きのおおくの方は小首をかしげるところでしょう。じっさい、文学研究者たち、さらにはドストエフスキー研究者たちのあいだですら、バフチンの見方に完全に同意しているひとはさほどおおくはありません。

それにまた、ポリフォニー小説なるものがそもそもそれほど存在していません。一九世紀までにかぎるとその例外的存在のひとりがドストエフスキーであるというわけです。しかも、まぎらわしいことに、ドストエフスキーの小説すべてがポリフォニーというわけではなく、長篇小説にかぎられるとのことです。

じつにやっかいです。けれども、長篇小説（『罪と罰』『白痴』『悪霊』『未成年』『カラマーゾフの兄弟』)のみという限定は、バフチンのいうポリフォニーを理解するためにきわめて重要な意味をもっています。

ところが、ドストエフスキーについて論じるひとのなかにすら、この区別を念頭においていないケースが見られます。こうした誤解のいちばんの理由は、〈ポリフォニー〉という用語そのものにあるものとおもわれます。バフチンはこれを音楽用語〈多声音楽〉から借りて比喩としてもちいているところとわっていますが、この用語からは、まずは「多数・複数の〈ポリ〉」の「声〈フォニー〉」ということが連想されがちです。事実、バフチンを念頭においているか否かはさておき、文学研究者や文化研究者のなかには、〈ポリフォニー〉を声の複数性という意味でもちいている例がすくなくありません。文化と文化の対話などをさして、「文化のポリフォニー」といったようにつかわれたりもします。

また、ドストエフスキーの研究者にとってもまぎらわしいのは、『ドストエフスキーの創作の問題』の展開の仕方です。冒頭で〈ポリフォニー〉が強調されていることからすれば、〈ポリフォニー〉の例が次々とあげられていくものとおもいきや、そのようにはなっていません。具体例としては、登場人物のことばのなかに他者のことばがはいりこんで、一個人の声が複数の声からなっているような例が、かずおおくとりあげられています。むしろ、そのような事例の分析が中心をなしているといってもよいくらいです。じっさいには、〈内的対話〉という多声状態の例の連続になっています（〈内的対話〉には、自分ともうひとりの自分との対話だけでなく、自分と眼の前にいないほかのひとととの対話もふくまれます。ひとりごとのように声にでていることもあります）。

けれども、そうした〈内的対話〉と〈ポリフォニー〉は、〈対話〉という点では共通する面もあるのですが、あくまでもべつものです。根本的なところでちがっています。

ポリフォニーのばあいは、「自立した人格どうしの対等な関係」が不可欠な要素となっています。ポリフォニーは厳密にはドストエフスキーの長篇小説にのみ可能であるとバフチンがいうのも、この点が関係していることを見のがしてはなりません。

たとえば『分身』[6]（あるいは『二重人格』）と訳されているドストエフスキーの中篇小説（一八四六年）では、主人公ゴリャトキンの声と、ゴリャトキン当人の心がつくりあげた分身の声がせめぎ合っています。語り手の声も入り混じっています。その意味では、ひとりの主人公のなかで複数の声がからみあっています。

こうした事態は小説にかぎられたことではなく、わたしたちの日常生活においても、心のなかでの対話が妙な方向にエスカレートしていくと、自分ともうひとりの自分との対話という段階をさらに超えて、もうひとりの自分のほうが自分をかきまわす分身にまで「変身」しかねません。

『分身』はその極端な例といえるかもしれませんが、とにかく「作品全体が、ひとつの分解した意識の枠内における全面的に内的な対話として構成されて」います(2. 119)。すなわち、そこには〈声の複数性〉があることはまちがいありません。外にはださずとも、心のなかで複数の声がとびかっているのです。

けれどもバフチンによれば、これは「もはやホモフォニー(単声音楽)ではない」ものの、かといって「ポリフォニーでもあり」ません。「これらの声は十分に自立した実在的な声、十全な権利をもった〔…〕意識にまだなっていない。そうなるのは、ドストエフスキーの長篇においてのみである」とことわっています(2. 119)。『分身』には、〈声の複数性〉がきわだっているものの、「融合することのない」「自立した」意識どうしの真の対話がまだありません。すなわち、対等な人格どうしの対話にまだなっていないのです。したがって、これはまだポリフォニーの前段階ということになります(7)。

おもうに、バフチンの対話論を〈作品分析のために活かすのではなく〉現代社会に活かしていこうとする立場からすれば、〈声の複数性〉以上に、〈自立した人格どうしの対等な関係〉が重要になってきます。

バフチンは、ポリフォニー小説では、「主人公の言葉は、作品構造のなかで並みはずれた自立性をもっており、あたかも作者の言葉ととなりあっているかのようにひびき、作者の言葉や他の主人公たちのやはり十全な価値をもった声と、独特なかたちで組みあわさっている」とものべています(2. 13)。このようなかたちでひととひとが組みあわさっていければ、申し分ありません。

とはいえ、主人公どうしだけでなく、作者と主人公も対等な関係で対話しているなどということは、はたして可能なのでしょうか。

すべてのおもな登場人物は、対話の参加者である。かれらは、かれらについてほかの者たちが話すことすべてを耳にしており、すべてに応答している(かれらについては、かれらが不在の場所や閉じた扉の向こう側でなにひとつ話されることがない)。作者も、対話の参加者(および対話の組織者)であるにすぎない。当人不在で、対話の外でひびいており、モノ化するような言葉はごくわずかであり、それらは、二次的な客体的登場人物にとってのみ本質的で完結させるような意味をもっている。(5. 355)

ここからもわかるように、すべての登場人物が対等な対話に参加しているわけではけっしてないのですが、すくなくとも主要な登場人物は作者と対等に対話にくわわっているのである、とバフチンは主張しています。

それでもやはり、そのようなことはありえないとおもわれるでしょうか。じっさい、『ドストエフスキーの創作の問題』が一九二九年に刊行されたさいに書評が何点かでていますが、ほぼすべてが、ドストエフスキーをポリフォニー小説の作家とみなすことに同意していません。小説というものは、作家が登場人物たちを生みだし、動かしているはずだ、というわけです。

これにたいしてバフチンは反論したかったところでしょうが、じつは、この本が出版される数か月前にバフチンは「反政府活動」の廉《かど》で逮捕されており、その後一九三〇年代なかばまで流刑されてしまいました。

そして、三〇年以上経った一九六三年にようやく増補改訂版(『ドストエフスキーの詩学の問題』と改題)が出版の機会を得ています。そこでは、バフチンは、以前の書評にたいしてだけでなく、その後にでたドストエフスキー論のいくつかにたいしても反論や批判を追加して、ポリフォニー論の正当性をあらためて立証しようとしています。なかでもわかりやすいのは、モノローグ的立場の代表例としてトルストイの短篇小説『三つの死』(一八五九年)を引きあいにだしている箇所です。

この短篇では、地主貴族夫人、御者、樹木という三つの死が描かれています。病気の地主貴族夫人を治療地へと運ぶ馬車の御者セリョーガは、途中の駅舎で休憩したさい、死にかけているべつの御者の長靴を頂戴します。そしてその御者が死んだあと、かれの墓に十字架を立てるために、セリョーガは森の木を伐ります。結局、地主貴族夫人も旅の途中で亡くなります。バフチンによれば、「こうして三つの生と三つの死は、外面的にむすびつけられていることになる」が、そこには「内的なむすびつき、**意識どうしのむすびつき**は存在し」ません(6. 82)。地主貴族夫人の視野や意識のなかに御者や木の生と死ははいってこないし、御者の意識のなかには地主貴族夫人も木もはいってきません。

けれども、小説の読者からすれば「それのどこが問題なのか」といったところではないでしょうか(ましてや、「三つの死」といっても、そのひとつは樹木です)。ほとんどの小説はそのようにつくられているだろう、といったところでしょう。ところが、バフチンはそれを〈モノローグ小説〉と呼んでおり、いささか批判的です。

かれらのあいだにはいかなる対話的関係もないし、またありえようもない。かれらはいがみあうことも、同意することもない。

けれども、それぞれに閉ざされた世界をもつこの三者は、三者を包含する、**作者の**単一の視野と意識のなかで統一され、対照され、相互に意味づけられている。この作者こそが、かれらについてすべてを知っており、三つの生と三つの死のすべてを対照させ、対決させ、評価しているのである。三つの生と死がたがいを照らしあわせるのは、ただ作者だけのためであり、かれらの**外部に**いる作者は、かれらの存在を最終的に意味づけ完結させるために、みずからの**外在性**を利用しているのである。登場人物たちの視野にくらべて、作者の包括的な視野は、巨大でかつ根源的な余剰を有している。(6. 82)

ずいぶんとおおげさないい方をしているようにおもわれるかもしれませんが、バフチンとしては、作者だけが特権を駆使していることこそが問題なのです。

三つの生と死の意味は、作者の視野のなかにおいてのみ解明されています。作者は、「**外部にいる**」がゆえに、全体を目にする「余剰(余裕)」をもっています。

もっとも、『三つの死』などとちがって、すくなくとも登場人物どうしはもっとひんぱんに対話をかわしているような小説もたくさんあります。ただ、バフチンからすれば、それらのばあいにしても、登場人物と作者のあいだに対等な対話的関係が存在していないのであれば、やはり〈ポリフォニー〉でないということになります。

こうした持論は、戯曲にかんしても適用されています。

劇文学における戯曲の対話〔…〕は、確固たる揺るぎないモノローグ的な枠のなかにおさめられている。劇では、こうしたモノローグ的な枠は、もちろん、直接に言葉でもって表現

されているわけではないものの、ほかでもない劇においてこそ、この枠は一枚岩なのである。(2. 24)

当然のことながら、戯曲は台詞のやりとりからなっています。すなわち、対話をしています。このことは一目瞭然です。にもかかわらず、バフチンは全体としては「モノローグ的な枠」のなかにあるとみなしています。

ここでいう「モノローグ」は、「台詞としての独白」ではなく、一方通行的な関係をさしています。このばあいも、問題になっているのはやはり作者と主人公の関係です。バフチンからすれば、戯曲における台詞どうしの関係は、作者によって客体化されているのであって、その意味ではポリフォニーではありません。

ただし、このときバフチンが念頭においているのは古典的な悲劇です。たとえば、「登場人物たちのこれらすべてのせめぎあう反応の表現は、単一のリズム(〔古代ギリシア〕悲劇の場合は短長三歩格《イアンボス・トリメトロス》)によって包まれている」とものべています(1. 76)。バフチンからすれば、古典的な劇や叙事詩はポリフォニー的ではありませんでした。これらの作品では、「作者が主人公にたいしておこなう最終的で完結させる評価は、その本質そのものからして、**当事者不在の評価**であり、主人公自身がそうした評価にたいして**応答**するかもしれないということは、予定にも計算にも入っていない」(6. 83)。

作者は、主人公「と」語り合っているのではなく、主人公「について」語っているというわけです。

4
気をゆるめることなくむすびつきながらも、距離を保つ

けれども他方では、ポリフォニー小説なるものが可能だとしても、そのばあい、作者はいったいどのような立ち位置にいるのか、と疑問をいだく方もおられることでしょう。これでは作者はあまりに消極的ではないか、と。

これにたいしてバフチンは、ポリフォニーのばあいのほうがむしろ作者は能動的《アクティブ》であることを強調しています。通常は、ひとを一方的に決定づける側が能動的であるとかんがえやすいところですが、バフチンからすれば、そうではなくて、ひとを一方的に決定づけない姿勢をとることのほうが、はるかに大きな能動性を必要とします。

ドストエフスキーの小説では作者の意識はまったく表現されていない、とかんがえるとしたら、それはばかげたことであろう。ポリフォニー小説の創作者の意識は、小説中につねにいたるところに存在しており、そこで最高度に能動的になっている。けれどもその意識

の機能や、その能動性の形式は、モノローグ小説のばあいとは異なっている。すなわち、作者の意識は、ほかの他者の意識（つまり登場人物たちの意識）を客体と化すようなことはしておらず、それらの意識に当事者不在で完結させるような定義をくだしていない。（6. 80）

ポリフォニー小説は、モノローグ小説とはべつの形式の〈能動性〉をもっているのだというわけです。すなわち、〈能動性〉そのものもまた、〈ポリフォニー〉的と〈モノローグ〉的に二分されています。ここでもまた、「〈モノローグ〉的」というのは「一方通行的」という意味でつかわれています。そして、〈ポリフォニー的能動性〉における意識のありようについて、つぎのようにのべています。

作者の意識は、自分のとなりや自分の眼のまえに、自分と対等な他者の意識、そして自分の意識とおなじく無限で完結不能の他者の意識を感じているのである。作者の意識は、客体たちの世界をではなく、まさにそれぞれの世界をもった他者の意識を反映し、再現しており、しかもその本来の**完結不能性**（そこにこそ他者の意識の本質があるのだ）の状態で再現している。（6. 80）

バフチンは、「他者の意識」を「客体として、モノとして観照し、分析し、定義づけてはならない」ことを、幾度となく強調していました(6. 80)。そのためには、すでに見たように、やはり対話的関係をえらぶほかありません。

他者の意識を相手にして可能なのは、**対話的に交通する**ことだけである。他者の意識についてかんがえるとは、すなわち**それらと語り合う**ことである。**さもなければ、それらはすぐさまこちらに客体としての側面を向けてよこすことだろう。**そしてだまりこみ、自己を閉ざし、凍りついて、完結した客体的イメージとなろう。(6. 80)

相手をモノあつかいしているこのような事態をさけるには、モノローグ小説の作者とは比較にならないほどの緊張感が欠かせません。

ポリフォニー小説の作者は、極度に張りつめた大いなる対話的能動性を要求される。それが弱るやいなや、主人公たちは凍りつき、モノと化しはじめ、小説中にはモノローグ的に形式化された生の断片が出現することになる。ポリフォニー的構想からこぼれ落ちたそのような断片は、ドストエフスキーのあらゆる長篇小説に見いだすことができるが、もちろん全体の性格を規定しているのはそれらではない。

ポリフォニー小説の作者に要求されるのは、自分や自分の意識をすてることではなく、この意識を極度に拡大し、深め、意識を(もっとも、一定の方向へではあるが)きずきなおすことによって、そこに十全な権利をもった他者の意識たちを収容できるようにすることなのである。それはきわめて困難な未曽有の作業であった。(6. 80)

ここには、ポリフォニー小説ならではの緊張感が語られています。気をゆるめると、つい主人公を客体化、モノ化してしまう危険性がある。作者には、それをさけるための格別な能動性、〈対話的能動性〉がもとめられる、というわけです。

バフチンは、わたしの言葉が相手の言葉をのみこんでしまうのではなく、「意味面で気をゆるめることなくむすびつきながらも、距離を保とうとするのは、けっして容易なことではない」とものべています(6. 75)。

これは、まさにわたしたちの日常生活にもあてはまるようなむずかしさです。ひとをモノ化しないためには「気をゆるめることなくむすびつきながらも、距離を保とうとする」ことが必要であるというのですから、そう容易なことではありません。はたして、わたしたちは日常生活において「ポリフォニー作者」となれるのでしょうか。「**真摯に実現され、最後まで推しすすめられた対話的立場**」(6. 74)であるポリフォニーを、どこまでつらぬけるのでしょうか。

この点について、ひとつのヒントというか、助けになりそうなのは、バフチンが、ポリフォニー小説の作者にはこのように意識の格別の広がり、深まり、変化が要求される一方、「**ほんものの読者**」もまたあらたな経験をする、とのべていることです。

> ドストエフスキーの小説をモノローグ的にとらえるのではなくドストエフスキーのようなあらたな作者の立場にまで高まりうる能力のある、**ほんものの**読者ならだれしも、自分の意識のこうした独特な**能動的拡大**を感じる。それは、あたらしい客体の獲得という意味においてだけではなく〔…〕まず第一に、他者の十全な権利をもった意識と対話的に交通し、人間の完結不能な深みへと能動的に対話的に染みこんでいくといったようなことをはじめて経験するという意味においてである。(6. 80-81)

ポリフォニー小説を読むと、読者もまた、意識の広がり、〈対話的能動性〉を体験しうるのだというわけです。これは、注目すべき指摘ではないでしょうか。見方によっては、この点こそが、わたしたちにとってもっとも貴重なポリフォニー小説の特徴なのかもしれません。読書を経験するなかで、対話能力、他者理解力を向上させていくというのですから。

ちなみに、バフチンによれば、ポリフォニー小説は「再話」できません。

ポリフォニー小説を再話することはできない。それは、交響曲を再話することができないのとおなじである。交響曲は聴かねばならない。これは難題であるが、ドストエフスキーのポリフォニーをただしく理解するためには克服しなければならない。(6. 366)

再話ではモノローグ化がさけられないということなのでしょう。本書の「はじめに」でわたしは、バフチンの対話論の特徴を理解するには、〈すくなくとも本書の範囲内では〉ドストエフスキーの作品を読んでいる必要はありませんとのべました。けれども、バフチンの対話論を理解するだけでなく、さらに自分自身の〈対話主義〉にもみがきをかけようとするならば、ドストエフスキーの長篇小説そのものにみずから向かい、耳を傾けることも役立ちそうです。むろん、それしかないというわけではありませんが、文学作品の「効用」がこんな点にもあったのかといったところです。

さて、バフチンは、このように、ポリフォニー小説が作者にとっての課題であるだけでなく、読者もまたポリフォニー体験が可能であるとのべるとともに、つぎの点をあらためて強調しています。

ポリフォニー的なアプローチは、〈教条主義にたいしてと同様〉相対主義にたいしてなんらの共通点も有していない。相対主義も教条主義も、あらゆる議論、あらゆる真の対話を排除しており、そうしたことを不必要なものとしたり〈相対主義〉、不可能なものにしている〈教条主義〉。(6.81)

教条主義《ドグマティズム》が対話的でないことは、だれしもが認めるところでしょう。わたしたちのまわりでも、民主主義社会にはもはや無縁とおもわれていたような教条主義が勢力をましてきています。けれども、それにおとらず注目すべきは、バフチンが相対主義もまた対話的でないと指摘していることではないでしょうか。

今日では、相対主義を好意的にとらえる傾向が強くなってきています。ほかのひとの価値観を認め、「いろいろあってもいいんじゃないか」という立場は、一見したところデモクラティックです。けれども、ほんとうにそうなのでしょうか。〈差異〉をそのままにしておくことは、じっさいには〈差別〉から目をふさぐことにもなりかねません。〈差異〉どうしの対話が必要ではないでしょうか。「みんなちがって、みんないい」や「ナンバーワンではなくオンリーワン」

は、集団主義や「世間」から脱出する出発点としてはいいのですが、そこにとどまることなく、ちがっているものどうしの出会い、対話も欠かせません。

いまのわたしたちにとっては、「消極的」相対主義こそ、「独裁的」教条主義以上におそるべき主義ではないでしょうか。ひとそれぞれの事情や「個性」をそっくり認めたふりをする一方で(じっさいには、無関心なことがおおい)、その代わり、自分自身への介入をいっさい拒否するのは、けっしてポリフォニー的ではありません。

ポリフォニーでは〈差異〉と〈対話〉はセットになっているのです。

5 応答がないことほど、おそろしいことはない

対等な対話こそ自然な状態とかんがえているバフチンからすれば、当然のことながら、日常の会話における話し手と聴き手の関係も対等で、ともに能動的な関係にあります。

ある意味では、優位に立っているのは能動的原理としての応答にほかならない。〔…〕能動的理解は、理解対象を理解者のあたらしい視野のなかに参加させ、理解対象との一連の複雑な相互関係や共鳴、不協和をうちたて、理解対象をあたらしい諸契機で豊かにする。まさにこのような理解を、話し手も考慮に入れているのである。(3. 35)

理解する側、応答する側も能動的である、ばあいによっては発信側よりも能動的であるとするのは、バフチンの対話論の大きな特徴です。双方が能動的である(べき)というバフチンのこうした持論は、著作の随所でくりかえされています。「共鳴」であるか「不協和」であるかは、

二の次でいいのです。

通常、理解する側は受信者であるからには受動的であるとみなされがちですが、理解する側あるいは聴き手のほうが能動的なこともあり、事実、話し手の側は当初から、自分の発言が聴き手によってあたらしい視野のなかに移されることを肯定的にとらえていることがあるというわけです。「不協和」すら「豊かに」してくれる可能性があるのです。

話し手が聴き手に注目しているということは、聴き手固有の視野、聴き手固有の世界に注目していることにほかならないのであって、そうした視野や世界はまったくあたらしい契機を話し手の言葉のなかにもちこむ。このときには、相異なるコンテクストや相異なる視点、相異なる視野、相異なる表現的アクセント体系、相異なる社会的〈言語〉が、相互に作用しあうのである。(3. 35)

たしかに、そういわれてみれば、話し手のほうも、一方的に知識や情報を伝えるのではなく、相異なる考えや思いの人びととのこうしたあらたな相互作用を期待しているからこそ、話しかけていることがあります。こうした状態は理想的なケースでしかないといわれそうですが、バフチンによれば、そもそも〈理解〉というのは本来対話的なものとしてしかありえませんでした。

バフチンは、〈理解〉（〈了解〉）と〈説明〉の違いを重視しています。〈説明〉は基本的には一方通行であるのにたいして（たとえば公的機関などが開催する「〇〇説明会」などによく見られるケース）、〈理解〉においてはむしろ応答側が優位に立っていることに、バフチンは注目しています。なぜなら、「言葉にとって（したがってまた人間にとって）**応答がないことほど**、おそろしいことはない」からです（5. 339）。反対意見がでるよりももっとこわいのは、応答そのものすらないことなのです。そのとき、〈説明〉に終始する側は、応答するにあたいする〈人格〉とすらみなされていないのですから。

また、わたしたちは、相手のことばを聞いたり、本を読んだりして、それまでの自分のアイデンティティのようなものを再確認することがあります。けれどもそのばあいも、バフチンからすれば、〈説明〉をそっくりそのまま受け入れている、あるいは〈説明〉に自分を重ね合わせているだけであって、あるべき〈理解〉、すなわち〈能動的理解〉ではありません。

ところが当時の学問、とりわけ言語学は、こうした〈能動的理解〉を前提としたアプローチがなきにひとしい状態にありました。バフチンは、仲間のワレンチン・ヴォロシノフ名で公刊された『マルクス主義と言語哲学』（一九二九年）において、[8]「孤立し・完結した・モノローグ的な」ことばを対象としている当時の言語学を批判して、「あらかじめ応答を排除したこのような理解は、じっさいには言語《ランガージュ》・ことばの理解ではもうとうない。言語・ことばの理解には、のべられたこと、理解されていることにたいする能動的な立場がともなっている」とのべています(9.88)。

バフチンにいわせれば、当時の言語学があつかっているのは、不動の自己同一的な〈信号〉——辞書に記されている語義——でしかありません。けれどもじっさいには、ことばというものは、使用されるにあたって、話し手と聴き手のあいだでその都度あらたな意味や評価をおびる〈記号〉でした。そのことを考慮に入れようとしない言語学にあっては「受動的理解」しか存在しないというわけです。

ことばというものは、もともと、話し手だけでなく聴き手もまた能動的であることによってはじめて成り立っているというのが、バフチンの立場です。

> 言葉とは、わたしと他者とのあいだに渡された架け橋である。その架け橋の片方の端をわたしがささえているとすれば、他方の端は、話し相手がささえている。言葉とは、話し手と話し相手の共通の領土なのである。(9.102)

このようにかんがえるバフチンからすれば、わたしたちがことばをつかう時点ですでに「ささえあい」がはじまっているということになります。ここでもやはり、対話的関係が自然な状

態であるとみなしているわけです。(9)

聴き手の立場にあるときのわたしたちにも「ささえる」能力がそなわっているということであり、相手もそれを知っているからこそ対話を開始するということでしょう。また、「ささえあい」があるからこそ、両者のあいだ――架け橋のうえ――で意味の更新が生じる、あるいはすくなくともその萌芽があらわれるということになります。

バフチンからすれば、ひとはもともとこのような関係のなかにいるはずなのですが、言語学や文学研究、あるいはその他さまざまな学問は、こうした対話的関係をうまくとらえられずにあります。言語や文学作品を〈客体〉、分析対象として一方的にあつかっているからです。かりにバフチンのいうような対話的なアプローチを優先するとなると、それぞれの学じたいの根本的な再構築や解体すら必要となってくるかもしれません。

やはりヴォロシノフ名で発表した「生活のなかの言葉と詩のなかの言葉」(一九二六年)では、つぎのようにのべています。

> 聴き手の自立した役割を無視することほど、美学にとって致命的なことはない。〔…〕通の聴き手の立場は作者の立場のたんなる再現であるべきだといった、すこぶるひろく普及している見解がある。だがじっさいには、それはただしくない。むしろ、逆の命題を立てる

ことができよう。つまり、聴き手はけっして作者とひとしくない。聴き手は、芸術的創造という出来事における独自の**かけがえのない場所**をもっている。(7. 89-90)

もっとも、日常生活において聴き手がどこまで能動的たりうるかは、その都度さまざまだとおもいます。けれども、対話が創造的なものとなるには、つまり両者のあいだにいささかなりともあたらしい意味が生まれるには、聴き手の能動性が最低限の担保になっているということでしょう。

これもまたバフチンの理念でしかない、とかんがえる方がすくなくないものとおもわれます。じっさい、ひとたび現実に目を向けると、権力は、人びとのそのような〈受動性〉を見透かしたかのように一方的に虚言を弄し、〈情報〉を操っています。こうした〈情報〉を受動的にあたえられるだけで満足する傾向がさまざまな分野で強まっていることは、否めません。また、ネットやSNSなどにしても、一方通行的《モノローグ》発信には効力を発揮しつつも、対話をとおしてあらたな意味を生成するようなケースはまだまだかぎられています。一般に、あらたなことを「知る権利」=〈能動的理解〉の行使が軽視されがちです。

このように〈受動性〉に安住しているうちに、人びとは、思考力や想像力をしだいに鈍らせていき、もはや対話を通じてあたらしい意味を生みだすどころか、異論との出会いを楽しむ余裕や能力すら失いかねません。じっさい、昨今ではそのような停滞が深刻化しているようにおもわれます。モノローグ支配の強まりは、異論を唱えることすら許さない不寛容さなどにもあらわれています。

モノローグ主義は、極端なばあい、みずからの外部に、対等な権利をもち対等に応答しようとするもうひとつの意識、もうひとつの対等な〈わたし〉〈〈なんじ〉〉が存在することを否定する。（極端なかたちや純粋なかたちの）モノローグ的アプローチのさいには〈他者〉は、もうひとつの意識ではなく全面的に意識の**対象**にすぎないままである。モノローグは完結しており、他人の応答に耳をかさず、応答を待ち受けず、応答が**決定的な**力をもつことを認めない。モノローグは、他者なしですまそうとしており、またそれゆえに現実全体をある程度モノ化している。モノローグは、**最後の言葉**であるかにふるまう。モノローグは、描かれた世界や描かれた人びとを**閉じこめる**。（5. 350-351）

バフチンのこうした見方は、もちろん、文学作品にかぎられたことではなく、文化や社会全般にわたってもいえることです。「モノローグは完結しており、他人の応答に耳をかさず、応答を待ち受けず、応答が**決定的な**力をもつことを認めない」のは、まさに今日の状況そのものです。「モノローグは、他者なしですまそうとしており、またそれゆえに現実全体をある程度モノ化して」います。こうした状況を「内破」するためにも、バフチン流〈対話主義〉のいっそうの活用が望まれます。

さらにはまた、聴き手も能動的であるとみなす姿勢は、今日あらためて重視されてきている〈聴く力〉をかんがえていくさいにも、大いに参考になるものとおもわれます。話す側が聴く側を能動的とみなす、あるいは話す側に聴く側を能動的立場へといざなう姿勢がともなっていてはじめて、聴く側も能動的に応答し、対話も創造的なものとなるにちがいありません。

以上が、バフチンの対話論の基本的特徴です(10)。

Ⅱ

内なる対話

6 モノローグが対話的なこともある

これまで見てきたように、バフチンが〈対話〉という用語で念頭においている現象にはかなり幅があり、あつかっている対象しだいでゆれがあることも事実ですが、基本的には、なにがしかの聴き手を念頭においていれば〈応答をもとめていれば〉、それはすでに対話であるとみなしています。したがって、当人だけが話している講義などのばあいも〈対話〉になっていることがあります。

実際、どの発話——弁論の発話、講義の発話、その他——も、聴き手、すなわち聴き手の側からの**理解と応答**〔…〕、聴き手の**同意あるいは不同意**、換言すれば、聴き手の側からの**評価をともなった**受けとめ(「聴衆」)を当てにしている。経験をつんだ弁士や講師ならだれしも、自分のことばのこうした対話的側面をみごとに考慮している。〔…〕あれこれの聴き手の一つひとつの動き、ポーズ、顔の表情、咳、座席の移動——これらすべてが、真にプロフェッショナルな演説者にとって、自分の演説に絶えずともなっている明瞭で表現力豊かな応答となっているのである。(7. 539)

このばあいもバフチンは、能動的な聴き手を念頭においています。あるいは、聴き手を能動的にすることができるような話し手を念頭においています。だれしもがこのようになれるわけではけっしてありませんが、講演者と聴衆のこのような理想的な関係をわたしたちも体験したことがあるのではないでしょうか。バフチンはこうした状況もまた〈対話〉であるとみなしています。これには同意される方もすくなくないでしょう(ちなみに、この引用箇所の冒頭に〈発話〉という用語がでてきますが、ここでは「ひとまとまりの話」をさしています。この用語については、のちにあらためてふれることにします)。

けれどもバフチンは、講義や講演などにとどまらず、つぎのような〈内的対話〉も対話であるとしています。わたしたちは、相手に向かって声にだしていなくとも、ほかのひとと対話をしたり、自分自身と対話をしていることがあります。

わたしたちがなにかの問題にとりくみ、それを入念に考察しはじめるやいなや、〔…〕わたしたちのことばは、ある程度の長さの個々の**台詞**に分割され、**対話的**形式をおびてくる。

この対話的形式がもっともあきらかにあらわれるのは、わたしたちがなんらかの決断をしなければならないときである。わたしたちはゆれうごく。どうふるまったほうがいいのかわからない。わたしたちは自分と議論したり、なんらかの決断が正当であることを自分に納得させようとしはじめる。わたしたちの意識はあたかも、独立した対立し合うふたつの声に分かれているかのようである。(7. 540)

このようなケース、すなわちことばというものが内的に対話的であるケースが、さきにもふれたように、ドストエフスキーの作品にはかずおおく見られ、バフチンはこうした〈内的対話性〉にひときわ注目していました。ひとりで考えごとをしているかのように見えて、じっさいは心のなかで他人やもうひとりの自分と語り合っているようなケースです。

たとえば『罪と罰』(11)の冒頭部では、主人公の貧しい青年ラスコリニコフの長いつぶやきがつづきますが、この箇所についてバフチンは、「そこではすべての言葉は二声的な言葉であり、それぞれの言葉のなかで声たちの論争が生じている」「対話は、一つひとつの言葉の内部に染み入り、そこで声たちの闘争と遮り合いを引き起こしている」と記しています(6. 87)。

バフチンが引用しているのは、母から受けとった手紙を読んで、ルージンに嫁ぐという妹ドゥーニャ(=ドゥーネチカ)の決意を知ったときの、ラスコリニコフのつぶやきです。

この芝居のいちばんの主役は、まちがいなく、かく言うロジオン・ロマーヌイチ・ラスコーリニコフなんだ。まあ、それもいいさ、彼を幸福にしてやることも、大学をつづけさせることも、法律事務所の共同経営者にしてやることも、生涯困らぬようにしてやることもできるんだからな。それに、ひょっとすれば、そのうちには大金持になって、名誉と尊敬を一身にあつめ、一流の名士として生涯を終えるかもしれない！　だが、母さんは？　なに、問題はロージャ〔ロジオンの愛称〕なのさ、だいじなだいじな総領息子のロージャ！　こういう息子のためなら、あんな立派な娘を犠牲にしたって、悪かろうはずはないってわけさ！　ああ、なんと愛すべき、まちがった心だろう！　なんのことはない、これじゃぼくらも、あのソーネチカの運命を肯定するようなものじゃないか！　ソーネチカ、ソーネチカ・マルメラードワ、この世界のつづくかぎり永遠のソーネチカ！　いったいきみらふたりは、犠牲の、犠牲の大きさをちゃんと測ってみたのかい？　で、それでいいのかい？　損はないのかい？　得になるのかい？　馬鹿を見ないのかい？　いいかい、ドゥーネチカ、ソーネチカの運命はね、ルージン氏といっしょになるきみの運命とくらべて、ひとつもけがらわしくはないんだぜ。「もちろん、これといって愛情はないでしょう」と母さんは書いている。しかし、愛情ばかりか、尊敬の気持も持てないとしたら、それどころか、逆に嫌悪と軽蔑と憎悪があるだけだとしたら、いったいどうなんだ？　そうなれば、また例によって、「小ぎれいにする」必要が出てくる。そうだろう？　ところで、この小ぎれいというのがどういうことか、きみにはわかるのかい、え、わかるのかい？　ルージン式の小ぎれいが、ソーネチカの小ぎれいと同じことで、いや、ことによると、もっとみにくい、不潔な、いやしいものかもしれないってことが、きみにはわかるのかい？　だって、ドゥーネチカ、きみの場合は、なんと言ったって、いくらかは安楽な暮らしをしたい目当てがあるが、ソーニャの場合は、それこそ餓死するかしないかの瀬戸際なんだからね。「金がかかるんですよ、金が、ドゥーネチカ、この小ぎれいというやつには！」で、もしあとになって、耐えきれなくなり、後悔することになったら、きみはどれほど嘆き悲しみ、呪い、人には見せられぬ涙にくれることだろう。

（江川卓訳『罪と罰（上）』岩波文庫、一九九九年、九五―九七頁）

『罪と罰』のあらすじはさておき、ここでは、ドストエフスキーが「二声的言葉のなかで方向を異にするアクセントがもっとも極端に能動化することをおそれていない」(2. 101) という点にのみ注目することにします。バフチンはこの引用箇所についてつぎのように説明しています。

ラスコリニコフは、価値評価をしたり説得するようなイントネーションをともなったドゥーニャの言葉を再現しつつ、彼女のイントネーションのうえに、みずからの皮肉っぽいイントネーションや、憤慨したイントネーション、警告を発するようなイントネーションを重ねている。つまりこれらの言葉のなかでは、同時にふたつの声——ラスコリニコフとドゥーニャの声——がひびいている。それにつづく言葉(「なに、問題はロージャなのさ、だいじなだいじな総領息子のロージャ!」等々)でひびいているのは、もはや、愛情とやさしさをともなった母の声と、それと同時に苦い皮肉や(相手の犠牲精神への)憤慨、返しの憂うつな愛情などのイントネーションをともなったラスコリニコフの声である。(6.87)

バフチンによれば、このようにひとりごとが描かれているかのように見えて、じっさいにはほかのひとと対話をおこなっている例は、ドストエフスキーの長篇小説よりも、むしろ初期の作品——『貧しき人びと』や『分身』、さらには『地下室の手記』など——のほうが、見てとりやすいとのことです。

たとえばデビュー作『貧しき人びと』(12)にかんして、バフチンは、貧しい主人公の自己主張が、「絶えまなき隠された論争、あるいは自分自身をテーマしたもうひとりの他者との隠された対話のようにひびいている」ことに注目しています(2.105)。

主人公マカール・ジェーヴシキンは中年で独身の小役人です。おなじ安アパートの向かいの棟には、仕立物で生計を立てている若い娘ワルワーラがいます。小説は、この二人が交わす五四通の手紙で構成されています。

バフチンは、まず以下の一節を例にあげています。ジェーヴシキンがワルワーラに宛ててだしたものです。

つい最近、雑談の中でエフスターフィーさんは、市民として最も重要な美徳はしこたま金を稼ぐ能力だとおっしゃいました。冗談めかして話しておられましたが(冗談だということは私も知っています)、誰の重荷にもなってはいけないというのが大事だそうです。私は誰の重荷にもなっていませんよ! 私はちゃんと自分のパンを持っています。たしかにそれはありふれた一切れのパンで、どうかすると干からびていますがね。それでもれっきとした労働によって手に入れ、正々堂々と誰に恥じるところもなく食べられるパンです。まあ仕方がありません! 私だって、自分が清書屋で得ているものがわずかなことは、よく知っています。それでも私には、これが誇りなんです。私は額に汗して一所懸命働いているんですから。

いや実際、清書屋だからなんだっていうんです! 清書屋のどこが悪いんですか!

《あいつは清書屋なんだよ！》〔…〕でも、何を恥じることがありましょう？〔…〕

というわけで、私も自分が必要不可欠な存在であり、くだらぬことで人を惑わせるもんじゃないってことが、今ではちゃんとわかっているんです。ネズミに似ているというなら、ネズミで結構！　でもこのネズミは人に必要とされており、役にも立つし頼りにもされている、その上、このネズミにはボーナスまで出るんですから――大したネズミなんですよ！　とは言え、この話題はもうたくさんです。こんなことは話したくもなかったんですから。それなのに、ついちょっとかっとなってしまいました。それでも、ときには自分の価値を認めてやるのは、気分がいいものです。

（安岡治子訳『貧しき人々』光文社古典新訳文庫、二〇一〇年、一一一―一一二頁）

ここではバフチンは、とりわけ〈横目をつかう言葉〉に注目しています。

論争的に誇張された他者のアクセントをともなった言葉が、ここでは、《あいつは清書屋なんだよ！》と直接括弧にくくられていさえする。先行する四行では、「清書屋」という言葉が三度くりかえされている。これら三つのそれぞれのケースにおいて、ありうべき他者のアクセントが「清書屋」という言葉のなかに存在しているが、ジェーヴシキン自身のアクセントによっておさえこまれている。しかしながらそれはどんどん強まっていき、ついには破裂して、直線的な他者のことばの形式をとることになる。このようにして、ここでは、他者のアクセントがしだいに強まっていく段階があたえられているかのようになっている。「私だって、自分が**清書屋**で得ているものがわずかなことは、よく知っています」。〔…〕（このあと留保がつづく――バフチン）いや実際、**清書屋**だからなんだっていうんです！　**清書屋**のどこが悪いんですか！　《あいつは**清書屋**なんだよ！》」。ここでは△でもって他者のアクセントとその漸次的強まりを示したが、他者のアクセントは、ついには、もはや括弧にくくられている言葉を全面的に支配してしまっている。しかしながら、この最後の、あきらかに他者のものである言葉には、ジェーヴシキン自身の志向も存在しており、それは、すでに述べたように、この他者のアクセントを論争的に誇張している。他者のアクセントが強まるにつれ、それとたたかうジェーヴシキンのアクセントも強まっていく。（2. 106–107）

これに似た状態は、小説の主人公にかぎられることではなく、わたしたちのばあいにもありえるのではないでしょうか。バフチンによれば、ここでは「他者の意識と他者の言葉は、一方では自意識のテーマ面での発展や自意識の逸脱、逃げ道、抗議を規定し、他方ではアクセント上の遮り合い、統語論上の逸脱、反復、留保、引き延ばしをともなった主人公のことばを規定しているといったような、特殊な現象を呼び起こして」います(2. 107)。他人の意識や他人の言葉を気にするあまり、自分が伝えようとしている話題ばかりか、さらには文章までが、大きく影響をこうむってしまっているというわけです。

引用した箇所は、このひとりごとをつぎのような対話に書き変えてみることすら可能である、とバフチンはのべています。

他者――「必要なのはしこたま金を稼ぐ能力だ。誰の重荷にもなってはいけない。なのにお前は皆の重荷になっている」

ジェーヴシキン――「私は誰の重荷にもなっていない。私はちゃんと自分のパンをもっている」

他者――「いったいどんなパンだというんだ！　今日はあっても、明日はないんだろう。しかもたぶん干からびた一切れだろ！」

ジェーヴシキン――「たしかにそれはありふれた一切れのパンで、どうかすると干からびているが、それでもあるのだ。れっきとした労働によって手に入れ、正々堂々と誰に恥じるところもなく食べられるんだ」

他者――「いったいどんな労働だというんだ！　清書しているだけじゃないか。ほかには何もできないだろ」

ジェーヴシキン――「それでどうしろというんだ！　自分が清書屋で得ているものがわずかなことは、よく知っている。それでも私には、これが誇りなんだ！」

他者――「誇れるものがあるだと！　清書のことか！　なんという恥知らず！」

ジェーヴシキン――「清書屋だからなんだっていうんだ！…」(2. 108)

バフチンによれば、後期の長篇小説となると、もはやこれほど画然と図式化することはむずかしいのですが、それでも、「意識と言葉のそれぞれの要素のなかで、ふたつの意識、ふたつの視点、ふたつの評価が交錯し切りむすびあっており、声どうしの原子内での遮り合いがある」点に変わりはありません(2. 109)。

このようなドストエフスキーの小説のなかの内的対話の例だけとりあげると、それらは虚構《フィクション》ならではの極端なケースではなかろうかとおもわれるかもしれません。けれども、はたしてそうでしょうか。わたしたちもまた、ひとりごとを対話形式で唱えていることがあるのではないでしょうか。あるいはそこまでいかなくとも、声にはださないかたちで心の内で対話をおこなっていることがありそうです。もちろん、〈内的対話〉そのものはけっして異常なことでもなければ、ましてや否定的であるとはかぎりません。むしろそのほうが思考力が豊かであるとみなせるばあいもありえます。

たとえばハンナ・アレントは、思考とは〈一者にして二者 two in one〉であるとみなし、つぎのようにのべています。

考えているときには私は「一者にして二者」なのであり、自分自身と矛盾することがありうる。つまり、私は、一者として他者と共生するだけではなく、自分自身とも共生するのだ。分裂の、もはや一者ではいられなくなることの、核心にあるのが矛盾の恐怖であり、そして、これこそ矛盾律が思考の根本原理たりえた理由なのである。さらにこれこそ、人間の複数性が完全には廃絶され得ない理由であり、哲学者が複数性の世界から逃れようとしてもそれはつねに幻想に終わる理由なのである。(13)

このように〈複数性〉の意義を強調するとともに、「ソクラテスが意図していたのは(そしてアリストテレスの友情論がより徹底的に説明しているのは)、他者との共生は自分自身との共生から始まるということである。〔…〕自分自身と共生するすべを心得ている者だけが、他者と共生するのにふさわしい」とのべています。(14)

外部の他者と対話するだけでなく、内なる自身とも対話できることが、豊かな〈共生〉に不可欠の条件であるというわけです。しかも、「他者との共生は自分自身との共生から始まる」というのですから、たとえば人見知りや対人不安なども、けっして否定的にのみかんがえる必要はなく、むしろすぐれた〈共生〉力を秘めているともいえます。

次章で見るように、バフチンであれば、「自分自身との共生は他者との共生から始まる」というところでしょうが、〈内的対話〉への注目という点に変わりはありません。

一般に、こうした〈対話〉は、声にでていないことがおおいため、まわりの者たちはつい軽視しがちですが、身振りや息づかい、その他から、ある程度まで「聴く」ことができるばあいもあるでしょう。すくなくとも、〈内的対話〉がそこに潜在している可能性は、想像してみる必要があります。

7 意識は対話の過程で生まれる

以上のことからすれば当然ともいえますが、わたしたちの意識もまた対話的関係のなかにあります。

ひとつの意識というのとは、形容矛盾である。意識は本質的に複数からなるのである。意識には複数形しかない。(5. 345)

自意識は言葉なしにありえないが、言葉というものはその本性からして他者にとって存在しており、聞かれたり理解されたりしようとしている。いかなる意識も、いかなる自意識も、他者なしにはありえない。**孤独な**意識というのは、幻想ないし虚偽〔…〕である。(6. 323)

第一章で見たように、「資本主義は、特殊なタイプの出口なき孤独といった意識のための条件を生みだした」とバフチンはのべていました。ここでもまた、「**孤独な**意識というのは、幻想ないし虚偽〔…〕である」とのべています。

けれども、〈意識〉という言葉を聞くと、〈対話〉というよりは、むしろ一個人とむすびつけて問題にされやすいのではないでしょうか。たとえば、〈自意識〉(〈自己意識〉)ということばは〈自意識過剰〉などのように日常生活でもけっこうつかわれますが、〈他意識〉とか〈共意識〉、〈間意識〉、〈相互意識〉などといったことばは日常的にはつかいません。ただし、〈自意識過剰〉も、他人を意識しすぎてはじめてそうなるのでしょうが。

そもそも、わたしたちのまわりでは、複数(集団)性よりも単一(個人)性を高く評価する立場がまさっています。

バフチンからすれば、それもまた「幻想」ということになります。バフチンによれば、こうした「幻想」は、たんに政治や宗教の分野にとどまりません。文学や言語学、あるいはまた哲学などの枠を超えて、イデオロギー一般におよんでいます。

意識をモノローグ的にとらえる姿勢は、〔文学だけでなく〕他のイデオロギー的創造〔芸術、道徳、宗教、政治、その他〕の領域においても支配的である。いたるところで、意味があり価値のあるもののすべてがひとつの中心——担い手——のまわりに集っている。イデオロギー的な創造のすべてがひとつの意識、ひとつの精神のありうべき表現として考えられ、受けとめられている。集団や多様な創造勢力が問題になっている場合ですら、あいかわらず単一性がひとつの意識のイメージによって例示されている。国民精神、民族精神、歴史精神、等々。意味あるもののすべてをひとつの意識のなかに集め、単一のアクセントにしたがわせることができるというわけである。このような還元に屈しないものは、偶然的で非本質的なものとされる。〔…〕あらゆる意味の統一性の表現者となっているのは、どこにおいても、ひとつの意識とひとつの視点である。(2.61)

ここで指摘されていることは、いうまでもなく、今日のわたしたちをとりまく状況にもほぼそのままあてはまります。たしかに、「意識をモノローグ的にとらえる態度」は、日本でも「イデオロギー的創造の根深い構造的特徴」となっており、そのことを実感する機会はすくなくありません。「単一のアクセント」にしたがわないものは、「偶然的で非本質的なものとされ」、しかるべき場を提供されません。もちろん、それは、バフチンからすれば、共同幻想のようなものでしかないのですが。

バフチンによれば、そもそも、意識は発生時点からしてすでに対話的なのです。

わたしは、最初、他人をとおして自分を意識する。他人から、自分自身にかんする最初のイメージの形成に必要な言葉、かたち、トーンを受けとる。自己意識の幼児的特徴の要素〔…〕は、ときとして生涯のこる(やさしいトーンのなかで自分や、自分のからだ、顔、過去を知覚しイメージする)。からだが母の胎内(身体)ではじめて形成されるように、人間の意識も他者の意識につつまれて目覚めるのである。(6. 397)

それと同時にバフチンは、意識というものがとらえがたい空気のようなものではないことも強調しています。意識は言語をはじめとするさまざまな記号から成り立っているとみなしており、そうした記号を〈内的記号〉と呼んでいます。記号の代表格である言語のばあいを例にとれば、相手に向かって話したときのように外にあらわれたことばを〈外的ことば〉あるいは〈外言〉、ひろくは〈外的記号〉、外にあらわれないことばを〈内的ことば〉あるいは〈内言〉、ひろくは〈内的記号〉というように区別していました。

意識が形成され実現されるのは、組織された集団の社会的交通の過程で生みだされる記号的素材のなかである。個人意識は記号を糧とし、記号から成長していき、それら記号の論

理と法則性を反映している。〔…〕意識は、像《イメージ》や言葉、有意味な身振り等のなかにのみ身を寄せることができる。(9.20)

要するに、意識もまた記号(言語、身振り、その他)からできているというわけです。したがって、記号である以上は、客観的に理解可能であるということになります。それと同時にバフチンは、「記号とは、**間個人的領域**においてはじめて発生しうる」(9.19)ものであることも強調していました。たとえばネクタイが、たんにモノであるだけにとどまらず、職業、年齢、気分その他をあらわす記号となれるのも、ひととひととのあいだで意味をおびてきているからにほかなりません。

と同時に、この「**間個人的領域**」は社会的な場でもあります。「ことばは、のちになって人間の内的器官のなかにはいり内言となるために、まずは人間どうしの社会的交通の過程において生まれ、成長しなければならなかった」とものべているように(9.50)、〈内言〉すなわち意識は、まずは社会的交通という対話的環境を経験しながら形成されていくとみています。したがって、バフチンにとっては、意識は心理学の対象というよりも、まずは社会学の対象でした。

こうした〈外言〉から〈内言〉へという方向の重視には、ほぼ同時代の心理学者レフ・ヴィゴツキーのそれとの類似性が見てとれます。ヴィゴツキーもまた、記号(とりわけ言葉)がとりいれられることが、認識能力の発達をまったくあたらしい方向に変えていく根本的なメカニズムになるとかんがえており、「記号は、つねに最初は社会的結合の手段であり、他者へのはたらきかけの手段であって、その後でのみ自分自身へのはたらきかけの手段となる」とのべていました。(15)

さらには、バフチンもヴィゴツキーも、内言の単位にもっとも似ているのは「対話の受け答えのことば」であろうとの仮説も立てていました。

＊

ちなみに、バフチンは〈無意識〉の重要性を理解していないと批判されることがあります。じっさい、フロイトをアインシュタインに匹敵する「偉大な発見者」とみなしつつも、フロイトの学説そのものには同意していません。

フロイトのいう〈無意識〉を、バフチンは〈非公式意識〉ととらえていました。社会との接点が見つけられない、あるいはイデオロギー的に孤立している状態にあるため、いまここでは表面に浮上できない状態にある〈意識〉というわけです。

と同時に、〈無意識〉と呼ばれているものもまた「患者の言語反応」なのであって、したがって治療のさいのそれぞれの発話は――外言であれ、内言であれ――それを生みだした社会的交通を反映しているとかんがえていました。

言葉とは、それが生まれたところのごく身近な交通の〈**シナリオ**〉のようなものである。この交通は、話し手が属している社会グループのもっと広範な交通の一契機となっている。この**シナリオ**を解するためには、複雑な社会的相互関係をそっくり復元しなければならない。これらの相互関係がイデオロギー的に屈折したものが発話なのである。

外言の代わりに内言をとりあげても、事情は変わらない。内言もまた潜在的な聴き手を前提にしており、その者に向けられている。内言もまた、外言とおなじように社会的交通の所産であり表現である。

フロイト心理学が立脚している、患者の発話(言葉による反応)の一切は、なによりもまず、これらの発話を生んだごく身近な小さな社会的出来事――**精神分析を施す時間**――の**シナリオ**である。患者の発話にはわれわれがさきに述べた医師と患者の複雑な闘いが表現される。これらの発話には、個人的な心の力学ではなく、医師と患者との相互関係の**社会的力学**が反映されている。(8.119)

ということは、〈無意識〉にたいしても、主として言語的相互作用とみなして客観的なアプローチが可能であるということになります。

他者の言葉との相互作用を、精神分析や〈集合的無意識〉によって理解しようという試み。心理学者（ことに精神科医）が解明しているものは、かつて存在していたものであり、それは（集合的無意識であろうと）無意識のなかに保持されているのではなく、言語、ジャンル〔文学や文化の諸形式〕、儀礼などの記憶のなかに固定されている。（6. 407）

そもそもバフチンにとって重要なのは、無意識よりも〈意識の深み〉でした。

ドストエフスキーは、美的に見ることを、深みにまで、あらたな深層にまでおしすすめた。ただし、無意識なものの深みではなく、**意識**の深み・高みへと。意識の深みとは、同時にまた意識の高みでもある。〔…〕意識は、いかなる無意識的な複合体《コンプレクス》よりもはるかに恐ろしい。（5. 345-346）

じつは、ポリフォニーは、この〈意識の深み〉に迫るアプローチでもありました。

ドストエフスキーにかんする外国の文献は、ポリフォニーを知らない。そこでは、ポリフォニー的総譜のモノローグ的読解が支配的である。とりわけきわだっているのがフロイト的解釈。(6. 307)

バフチンからすれば、精神分析のばあいは患者と分析家は非対称の関係にあり、対等な対話的関係にはありません。一方通行になっています。けれども、「人格を盗み見したり、盗み聞きしてはならないし、人格にたいしてみずから開示するよう強いてはならない」のです(5. 349)。

ちょうどこれとは対照的な例として、バフチンは、ドストエフスキーがその創作の初期から、「(**外から完結させるのではなく**)**内から**人間が**自由に**自己開示する高次の形式としての告白」に重要な関心をいだいていたことに注目しています(5. 352)。

ドストエフスキーが告白や他者の告白的意識を描くのは、それらの内的に社会的な構造をあかるみにだすためであり、それら(告白)が意識どうしの相互作用という出来事にほかならないことを証明するためであり、告白が展開されるなかで意識どうしが**相互に依存している状態**を示すためである。(5. 344)

要するに、バフチンにとっては、相互作用のなかにおける「内から」の「自由な自己開示」こそが、「高次の形式」でした。

こうしたバフチンの見解との関連でふれておきたいのは、薬による治療を必要最低限度にとどめて、患者およびその家族と治療スタッフのあいだにおいてオープンで自発的な意見交換をめざそうとしている〈オープンダイアローグ〉という精神科医療です。精神科医の斎藤環は、「オープンダイアローグとは、専門家と患者が、完全に相互性を保った状態で対話をすることなのです。

そして、**これは最も重要な原則のひとつなので繰り返しますが、本人抜きではいかなる決定もなされません**」と強調しています[16]。

また、この治療の先駆者であるヤーコ・セイックラは、バフチンが理論的基礎のひとつになっていることをあきらかにしています。たとえばつぎのようにのべています。

バフチン〔…〕は、〈対話〉は意識と意識のコミュニケーションそのものであり、個人の内にあるプロセスではないと考えた。この意識間のコミュニケーションが生まれるかどうかは、話し手が聴いてもらえて、受け入れられていると感じられるかどうかにかかっている。話し手が「聴かれている」と感じるには、応答されていなければならない。バフチンが言ったように、人間にとっては応答がないままおかれることほど恐ろしいことはないのである。互いに聴きあう対話によって事態を分かち合おうとすることは、治療とコンサルテーションの基本となる。(17)

さらにバフチンとの関係でいえば、この治療が〈不確実性への耐性〉、〈対話主義〉〈有意義な対話を生成していくためにも、治療チームは、患者や他のメンバーの発言すべてに応答しなければなりません〉、〈社会ネットワークのポリフォニー〉〈精神分析がそうであるように「秘められた真実を暴く」ことを目的としません。ただひとつの真実よりも、多様な表現を生成することを重視するからです〉などを特徴としていることもあげられます。(18)

また、オープンダイアローグでは、「精神病が具体的な対人関係のあり方の問題であること、普通のコミュニケーションの世界から疎外され孤立した状態こそが問題であることが主張されている」という点や、(19)セイックラが、ミーティングのメンバー間にあらたな意味が生まれる〈対話性〉、患者もふくめた全員の対等な〈ポリフォニー〉にとどまらず、〈未完結〉、後述の〈異言語混淆〉や〈社会的言語〉なども考慮に入れていることは、大いに注目に値します。

8 真理も対話のなかから生まれる

わたしたちは〈真理〉という言葉を聞くと、それは普遍的で永遠不変のものであるとかんがえがちです。

ところがバフチンは、真理もまた、意識の複数性を前提としていることを強調していました。真理とは、特定の者(たとえば神とか権力者)の頭のなかに存在しているようなものではなく、複数の者たちの対話という社会的相互作用の過程ではじめて生まれてくるものなのです。

ことわっておくが、単一の真理という概念そのものから、唯一で単一の意識が必然的であるということにつながってくるわけではけっしてない。単一の真理が意識の複数性を必要とすること、それはひとつの意識の枠内に原則的におさまりえないこと、それはいわば生来社会的で出来事的なものであり、さまざまな意識の接点上に生まれるものであることを仮定し、かんがえてみることも、十分可能である。すべては、真理やそれが意識にたいしてもつ姿勢をいかにかんがえるかにかかっている。認識や真理のモノローグ的なとらえ方は、可能な形式のひとつにすぎない。(2. 60)

真理もまた、意識と意識とあいだで起こる〈出来事〉のなかで生まれるのであって、〈社会的〉なのです。このように、〈真理〉の規定をめぐっても、対話的立場からのものと、モノローグ的立場からのものがあるということになります。バフチンとしては、もちろん〈対話的真理〉のほうを重視し、探求しています。小説の歴史の出発点のひとつである〈ソクラテスの対話〉というジャンルに注目するなかで、つぎのようにのべています。

このジャンルの基礎には、真理やそれをめぐる人びとの思考はもともと対話的であるというソクラテスの考えがある。真理を探求する対話的方法が、**既成の真理を所有している**と自負する**公式の**モノローグ主義に対置されており、自分たちはなにかを知っている、すなわちなんらかの真理を有しているとおもっているひとたちのナイーヴな自信に対置されていた。真理は個々人の頭のなかで生まれたり、そこに存在したりするものではない。真理は、ともに真理を探求する**人びとのあいだで**、またそうした人びとの対話的交通の過程で、誕生するのである。(6. 124)

特定の一個人ではなく、「**あいだ**」や「過程」の重要性が強調されています。また、あるインタビューのなかでは、ドストエフスキーとからめて、つぎのようにものべています。

ドストエフスキーによれば、真理というものは、世界にかんする究極の問題をあつかう分野においては、ひとつの個人的意識の枠内で開示されることはありえません。真理は、ひとつの意識のなかにおさまりきれないのです。真理があきらかになるのは、複数の対等な意識が対話的に交通する過程においてであって、しかもつねに部分的でしかありません。究極の問題をめぐるこの対話は、真理に思いをいたし、さがしもとめる人類が存在しているかぎり、おわったり完結することはありえません。対話の終焉は人類の滅亡にもひとしいものとなるでしょう。すべての問題が解決したならば、人類にはそれ以上存在しているための刺激がなくなります。(6. 458)

真理は、複数の意識が対話しあう過程で形成されていくものである以上、そもそも果てしがありません。こうした果てしのなさに不満や不安をいだくひともあるでしょう。けれども、バフチンはいかなるテーマについて論じるときにも、〈生成〉や〈可変性〉に与《くみ》しています。「すべての問題が解決したならば、人類にはそれ以上存在しているための刺激がなくなる」というあたりには、バフチンならではの能動的対話主義が前面にでています。わたしたちも、このように、最終的な答えがでなくとも探求をつづけようとする姿勢、それも対話的に探求していく姿勢を失いたくないものです。真理をもとめて対話的に交通する過程こそが重要なのです。

とはいえ現実には、わたしたちのまわりを見わたしたばあい、モノローグ主義の支配力にはじつにおそるべきものがあります。これについて、バフチンはつぎのようにのべています。

哲学的モノローグ主義の土壌では、意識どうしの本質的な相互作用は不可能であり、したがって本質的な対話は不可能である。じっさいには、観念論は意識間の認識的相互作用のひとつの種類しか知らない。知っている者、真理を所有している者が、知らない者、誤っている者に教える、すなわち教師と生徒の相互関係、またしたがって教育的な対話である。(2. 60–61)

興味深いことに、ここでは、「真理を所有している者」の代表が「教師」とされています。教育こそ、モノローグ主義の最たる場だということでしょうか。

これに関連して注目しておきたいのは、バフチンが、プラトン的対話はしだいに〈対話性〉を失っていったとみなしていることです。

プラトンの場合、創作の第一期と第二期の対話では、真理の対話性の認識は、弱まったかたちにおいてではあるが、哲学的世界観じたいのなかにもまだ保たれている。したがって、これらの時期の対話は、プラトンにおいて(教育的な目的で)既成の思想を叙述するだけの方法にはまだ転化していないし、ソクラテスもまだ「教師」に転化していない。(6. 124-125)

この点にかんしては、哲学者の藤沢令夫も、プラトンの著作を前期対話篇、中期対話篇、後期対話篇に区分するとともに、中期から後期の対話篇になると様相がちがってきており、「目立つのは、主役のソクラテスが前期対話篇に見られたように、相手の見解を問答の積み重ねにより吟味し論駁してアポリアー(行詰り)に導くことよりも、自分から積極的に一定の見解を提示することが多いという点——アポリアー的であるよりも、教説提示的《ドグマティック》な性格が強くなっている点——である」と指摘しています。(20)

ちなみに、バフチンは、〈ソクラテスの対話〉がカーニヴァルを基盤としているとの指摘もおこなっていました。

この点において〈ソクラテスの対話〉は、完全に修辞学的な対話とも、悲劇の対話とも異なっている〔…〕。思考や真理が本質的に対話的であることをソクラテスが発見したというまさにそのことが、対話にくわわった人びとのあいだの関係のカーニヴァル的な無遠慮さや、人びとのあいだのあらゆる距離の撤廃を前提にしているのである。さらには、いかにそれが高尚かつ重要なものであれ思考の対象そのものへの、そして真理そのものへの関係の無遠慮さを前提としているのである。プラトンの対話のなかには、カーニヴァル的な戴冠と奪冠を下敷きにつくられているものがある。〈ソクラテスの対話〉に特徴的なのは、思考や形象の無軌道でちぐはぐな組み合わせである。〈ソクラテスのイロニー〉とは、希釈されたカーニヴァルの笑いなのである。(6. 149)

〈ソクラテスの対話〉は「真理そのものへの関係の無遠慮さを前提としている」というのです。思考の対象への馴れなれしい態度です。不動のものであるかに押しつけてくる〈真理〉にたいしては、「無軌道」や「ちぐはぐ」を対置することも必要かもしれません。

バフチンは、支配者がとりおこなう祝祭と、民衆が広場でくりひろげるカーニヴァルを区別しており、前者は「既成の勝利し支配的になっている真実、永劫不変で反駁の余地なきものとして立ちあらわれた真実を祝賀するものであった」のにたいして、後者は「支配的な真実、現存体制からのいわば一時的な解放を祝した」ことを強調していました(4(2). 18)。

本書ではカーニヴァル論にはこれ以上ふれませんが、ひとつだけことわっておくべきことがあります。それは、〈距離〉のとり方の問題です。

バフチンの対話論は、「融合しない」などのことばにも判然としめされているように、たがいが距離を保つことをひときわ重視しています。ところが、カーニヴァル論(や小説論)では、権威的なものにたいする「距離の廃棄」、「無遠慮さ」がもつ意味を優先させています。そのため、バフチン研究者のなかには、対話論とカーニヴァル論の齟齬を指摘するとともに前者のみを評価する者もいます。

しかし、公認の真理、既成の真理の欺瞞性をあばく機会として、カーニヴァル的転換を一時的にせよ経験してみることも、けっして無益ではないでしょう。また、そもそも〈距離〉じたい両義的であることは、いうまでもありません。

✳

ここでは、前述のバフチンの「教師」観に関連して、対話的教育についても見ておくことにします。この点でまずおもいうかぶのは、フレイレの『被抑圧者の教育学』(一九七〇年)です。

フレイレは、〈銀行型教育〉と〈課題提起教育〉を対置していました。それによれば、「銀行型教育は対話に抵抗し」、「生徒を援助の対象として取り扱」うのにたいして、「課題提起教育は対話を現実のヴェールを剝ぐ認識行為にとって不可欠のものであるとみな」し、生徒を「批判的思考者に」します。

> 銀行型の理論と実践は静止させ固定化する力であり、人間を歴史的存在として認めることができない。課題提起教育の理論と実践は、人間の歴史性を出発の原点とする。課題提起教育は、何ものかになりつつある becoming 過程の存在として、すなわち、同様に未完成である現実のなかの、現実とともにある未完成で未完了な存在として、人間を肯定する。(21)

フレイレのこうした考えは、バフチンの考えにきわめて近くおもわれます。まるでバフチンを読んでいたかのごとくです。両者は、「教育的な」教師に批判的である点で共通していました。人間が「becoming 過程の存在」であることを重視しています。

とりわけバフチンにあっては、たがいがつねにあたらしくなるような対話的かかわりがたいせつにされていました。それは口でいうほど簡単なことではありませんが、そうした姿勢があってはじめて、本来の意味でのデモクラティックな関係といえます。晩年のバフチンの覚書には、つぎのような一節があります。

理解しようとする者は、自己がすでにいだいていた見解や立場を変える、あるいは放棄すらもする可能性を排除してはならない。理解行為にあっては闘いが生じるのであり、その結果、相互が変化し豊饒化するのである。(6. 404)

ここに、わたしたちはあらためて、バフチンの徹底した対話主義を確認することでしょう。教育の場にかぎらず、対話をするからには、双方ともいままでとはちがう自分へと変わる覚悟も欠かせないのです。〈対話〉は〈闘い〉でもあるのです。

最近では、〈アクティブラーニング〉とか〈主体的・対話的で深い学び〉といったいかにも対話的な教育方針が文科省からうちだされたりしていますが、問題は、そうした学びを方法としてつかうだけにとどまらず、生き方としても身につけることにあります。そうでないかぎり、生徒は疑似対話を体験するだけにとどまり、社会や世界を実際に対話的に再構築していくような力を身につけるまでにはいたらないでしょう。教育の場が、あたえられた〈真理〉に代わる、あらたな〈真理〉を、主体的・対話的に生みだせるような伸びやかな場であればよいのですが。

ちなみに、〈教育〉にも関連することとして、バフチンが〈権威的な言葉〉と〈内的に説得力のある言葉〉という区別を立てていたことにもふれておきましょう。

バフチンによれば、〈権威的な言葉〉(宗教、政治、道徳上の言葉、父親や大人や教師の言葉)は、無条件の承認と受容を要求します。

それは、われわれにたいしてどの程度内的に説得力があるかに関係なく、われわれに自己を強制する。それは、権威と結合したものとしてわれわれのまえにすでに存在している。

(3. 96)

権威的な言葉は、遠い圏域に存しており、階層秩序的過去と有機的にむすびついている。これは、いわば父祖たちの言葉である。それは、すでに過去において承認されている。それは、あらかじめ見いだされる言葉である。それを似かよった同等の言葉のなかからえらびだすわけにはいかない。それがあたえられている(ひびいている)のは、高尚な領域であって、無遠慮な接触の領域においてではない。その言語は特殊な(いわば祭司の)言語である。それは冒瀆の対象となることもある。タブー。みだりに口にしてはならない名称。

(3. 96)

ただちにおもいうかぶような例が日本にもありますが、わたしなどとちがって、なかには〈権威的な言葉〉にすがって生きていくことをよしとするひともいます。権威的な「言葉は、自己にたいして距離をおくことを要求する」というわけですが、ひとによっては、そうした権威的な距離感が快感や癒やしになっているようです。このばあいの距離は、モノローグ的に一体化しないための距離ではなく、モノローグ的に命令されたいがための距離です。

こうした〈権威的な言葉〉は、じっさいには内実をとっくに失ってしまっており、「惰性的な緊密な一体として浮き彫りにされたままにとどまり」、その周囲の言葉と絡まりあうことができません(3. 96)。結局は、バフチンもいうように、「その意味の構造は、完結しており一義的であるがゆえに、不動であり死んで」います(3. 97)。これでは、対話的関係など生まれようがありません。

これにたいして、〈内的に説得力のある言葉〉については、つぎのように説明されています。

内的に説得力のある言葉は、それが肯定的に摂取される過程において、〈自己の言葉〉と緊密にからみあう。われわれの日常的な意識のなかでは、内的に説得力のある言葉とは、なかば自己の、なかば他者の言葉である。内的に説得力のある言葉がもつ創造的な生産性は、それが自立した思考と自立したあたらしい言葉を呼び起こし、内部からおおくのわれわれ

の言葉を組織するものであって、孤立した不動の状態にとどまるものではないという点にこそある。(3.101)

〈内的に説得力のある言葉〉は、「なかば自己の、なかば他者の言葉」です。自分と他者のあいだで生成している言葉です。だからこそ、あたらしい「思考」や「言葉」を呼び起こしてくれます。外部からの押しつけではなく、内部からわたしたちの言葉を刺激してくれるのです。教育に必要なのは、このような言葉のはずです。また実際、そのような言葉を実践の場でいかに活かすべきかを真剣にかんがえている教師たちもすくなくありません。〈内的に説得力のある言葉〉を権力がさけようとする理由は、明白です。それが社会的に開かれたものであり、その意味も流動的なものであるからにほかなりません。

内的に説得力のある言葉は、他の内的に説得力のある言葉と緊張した相互作用を開始し、闘争関係にはいる。イデオロギー面でわれわれを生成させる過程は、さまざまな言語的・イデオロギー的な視点、アプローチ、傾向、評価などが支配権をもとめて、われわれの内部でくりひろげるこのような緊張した闘争なのである。内的に説得力のある言葉の意味構造は、完結したものではなく、開かれたものである。内的に説得力のある言葉は、自己を対話化するあたらしいコンテクストのなかにおかれるたびに、あたらしい意味の可能性をあますところなく開示する力を有している。(3. 101)

対話的教育であれば、教師も生徒もこうした社会的に開かれた言葉を生みだし、はぐくんでいけるようめざすことになるでしょう。知もまた、情報のかたまりのような凝固したものではなく、対話の過程でこそ生成します。そうした知であればこそ、確実に身についていくことでしょう。

また、こうした〈内的に説得力のある言葉〉との対話的交通は完結することがありません。「われわれはまだ、この内的に説得力のある言葉から、それがわれわれに語ることのできることのすべてをまだ聴いてはおらず」、「生産的な他者の言葉は、われわれのあたらしい応答の言葉を対話的に生み」だします(3. 102)。

9　他者がいて、わたしがいる

教育の場にかぎらず、バフチンは、他者との出会いが「創造的か否か」、すなわち対話的関係のなかからあらたな意味が生まれているかどうかにこだわっています。

たとえば、ことばの意味をそのまま受けとるだけでは、それは理解とはいえません。なぜなら、受動的なままでは、相手のことばを複製しているにすぎないからです。バフチンは、著作活動の初期より、「複製」「コピー」「模倣」に否定的です。それらは、理解しようとしていることをすこしも豊かにしないというわけです。バフチンのいう〈理解〉とは、両者のあいだにあらたな意味が生みだされるばあいをさしていました。

晩年のエッセイ「より大胆に可能性を利用せよ」(一九七〇年)には、つぎのような箇所があります。

他者の文化をよりよく理解するためにはいわばその文化のなかに移り住み、世界を他者の文化の眼でながめる必要があるといった、きわめて根強いものの一面的で、それゆえにまちがっている考えが存在している。〔…〕もちろん、他者の文化のなかへ生をある程度移入すること、世界を他者の眼でながめられることは、理解の過程で不可欠な契機である。だが、もしも理解がこうした契機に尽きるならば、それはたんなるものまねとなり、あたらしいものや豊かにしうるものをなにひとつもたらすことはないであろう。(6. 456)

ここにも、バフチン独自の対話主義が見られます。たとえばアメリカの文化を理解するためにはアメリカに行ってみる、あるいはそこに住むのがいちばんであると、かなりのひとがかんがえています。けれども、それだけでは〈理解〉にならない、あるいは〈貧しい理解〉でしかないとバフチンはいいます。

創造的理解というものは、自分自身や、時間上の自分の場、自分の文化を放棄せず、なにひとつ忘れはしない。理解にとってきわめて重要なのは、理解者が、自分が創造的に理解しようと望んでいることにたいして——時間、空間、文化において——**外部に位置していることである**。(6. 456-457)

こうした意見は納得しがたいところかもしれません。やはりアメリカに住んではじめてアメリカをよく理解できるはずだ、との反論がありそうです。けれども、バフチンとしては、理解者は、理解しようとしていることにたいして、べつの時間、べつの空間、べつの文化のなかで生きているという点をこそ、実りおおいかたちで活かすべきだ、とかんがえていました。〈創造的理解〉というものは、他者たる特権を対話的にもちいます。

自分自身の外貌ですら本人は真に眼にし全体を意味づけることはできないのであり、いかなる鏡も写真も役立たないのである。その者の真の外貌を眼にし理解できるのはほかの人びとだけであり、それはその人びとが空間的に外に位置しているおかげであり、かれらが**他者**であるおかげなのである。(6. 457)

「鏡も写真も役立たない」というのは、バフチンが初期から強調していた点ですが、それについてはもうすこしあとで見ていくことにして、文化どうしの対話とはいかにあるべきかを確認しておきましょう。

文化の領域においては外在性こそが、理解のもっとも強力な梃子《てこ》なのである。他者の文化は、**もうひとつの**文化の眼にとらえられてはじめて、みずからをいっそう十全にかつ深くあきらかにする（ただし、全面的にというわけではない。というのも、他の諸文化もあらわれ、それらがさらにあらたに眼にし理解するからである）。ひとつの意味は、もうひとつの〈他者の〉意味と出会い、接触することにより、みずからの深層をあきらかにする。両者のあいだにはいわば**対話**がはじまり、この対話がこれらの意味や文化の閉鎖性や一面性を克服するのである。わたしたちは、他者の文化にたいして、それ自身はみずからに提起しなかったようなあらたな問いを提起したり、そこにこうしたわたしたちの問いにたいする答えを求めるのであり、他者の文化はわたしたちに答え、わたしたちのまえにみずからのあらたな側面、あらたな意味の深層をうち開く。〔…〕ふたつの文化のこのような対話的出会いのさいには、それらは融合することも混じりあうこともなく、それぞれがみずからの統一性と**開かれた**全一性を保っているが、両者はたがいに豊饒化するのである。（6. 457）

ここではバフチンは文化について語っていますが、すでに見てきたことからもあきらかなように、これは、人びとの対話的関係やポリフォニー小説について展開していた持論と完全に重なりあっています。一体化するのではなく、〈融合することのない複数性〉が重要なのです。

ただし、複数であればそれだけでいいというわけではありません。すでに一九二〇年代なかばからバフチンは、ものまねと創造的理解との相違にこだわっていました。

ただひとりの参加者のもとでは、美的な出来事はありえない。〔…〕美的な出来事は、二人の参加者があってはじめて実現するのであり、ふたつの一致することのない意識が前提となる。（1. 102, 104）

このように「美的な出来事」（たとえば文学作品や芸術作品の創作）のような創造的な出来事には〈他者〉が欠かせないとする考えは、日常生活にもあてはまるのではないでしょうか。自分自身を他者の眼で見る能力は、わたしたちにももとめられています。

作者は自分自身にたいして他者となり、他者の眼で自分を見なければならない。じっさいのところ、実生活でもわたしたちは絶えずそうしており、他者の観点から自分を評価し、他者をとおして、みずからの意識を超えた契機を理解し、考慮しようとしている。（1. 97）

それと同時にバフチンは、この〈他者〉はわたしと一体化するようなものであってはならないことを強調しています。わたしが見聞きしたことだけを見聞きしたり、おなじことをくりかえすだけならば、それは〈他者〉とはいえません。

自己の限界をぬけでるのに必要なのは、「わたしのほかに**もうひとり**、事実上、**おなじような人間**(**二人の人間**)がいるということではなく、その者がわたしにとって**べつの**人間であるということである」とのべています(1. 160)。

バフチンがいうように、わたしは、そもそも〈他者〉を欠いては、自身を意味づけることはできません。むろん、あなたも同様です。〈他者〉あってのあなたです。この自-他の関係は可逆的であって、〈他者〉であるあなたにとっての〈他者〉はわたしです。

と同時に、〈他者〉であるということは、〈特権〉を有しているということでもあります。こうした特権をバフチンは〈余剰〉とよんでいました。そうした〈余剰〉を能動的に活かすことにより、創造的出来事は展開されます。

> ひとつの意識だけの平面上では展開するのが原理的に不可能であり、融合しない**ふたつの**意識を前提としている出来事、ある意識が**もうひとつの**意識にまさしく他者として関係することを本質的な構成契機とする出来事がある。あたらしきものをもたらす、唯一で不可逆的な創造的出来事とは、すべてこのようなものである。(1. 159)

バフチンの徹底した対話主義には、さきにものべたように、ひろく普及している「通念」からすればやや意外な点があります。

たとえば感情移入は、わたしたちのあいだでは肯定的ないし好意的に評価される傾向にあります。文学作品を読んだり、映画や芝居を観て、感情移入できたときなどは、なにか得をしたような気にならないでもありません。

ところが、バフチンは感情移入にきわめて否定的でした。「貧窮化」とすら呼んでいます。一＋一の内実が一のままでは貧しいといったところでしょうか。

ただ感情移入するだけでは、二人（以上）が出会った意味がないというわけです。〈他者〉として出会うのでなければ、両者のあいだにあらたな意味が生まれうる貴重な機会がみすみす失われてしまうばかりか、ばあいによっては当人の自己喪失にもつながりかねない、といいます。感情移入する者は、他者としての自分の特権を存分に活かしていない、他者としての責任を十分に果たしていないといったところでしょうか。

なにもそこまでかんがえなくともいいのでは、といった反論もありそうですが、これがバフチン流〈対話主義〉なのです。

ところで、文化理解にかんしてのべている箇所でバフチンは、〈外在性(外部に位置していること)〉の意義を説いていました。けれども、わたしたちもただちにおもいあたるように、〈外部に位置していること〉自体は、悪用もまた可能です。まさに諸刃の剣です。この点についてては、バフチンも、ドストエフスキーの小説にかんしてつぎのように記していました。

作者の視野——つまり登場人物の各自の視野や登場人物たち全員の視野とは対照的に、作者が知り、理解し、眼にしているもの——の一定の客観的余剰を保証する外在性。まさにこの余剰ゆえに、作品や登場人物各自のモノローグ的完結が生じるのである。

〔…〕モノローグ的外在性とポリフォニー(対話)的外在性の根本的違いをあきらかにしてみよう。(6. 320)

〈外在性〉は、モノローグ的、一方通行的にも「悪用」しうるということです。ほかの人びとを、その外部にいる者が客体あつかい、モノあつかいしてしまうようなケースです。

これとは逆に、ドストエフスキーの作品では作者の〈外在性〉は「対話的アクセントを登場人物の声に混ぜ入れているが(二声の言葉)、最終的な言葉は登場人物たちにのこしている」とのべています(6. 303)。登場人物の意識のなかに介入して対話をおこなっている一方で、登場人物を決定づける(完結させる)ようなことはしていないというのです。

こうした〈外在性〉の重視は、〈余剰〉という特権をいかに行使するかという問題につながります。

> 他者との融合ではなく、**外在性**というみずからの立場の保持、およびそうした立場とむすびついている、見ることと理解することの**余剰**の保持。けれども問題は、この余剰をドストエフスキーがいかに利用しているかにある。この余剰のいちばん重要な契機は、愛である。自分自身を愛することはできない。〔…〕さらには、承認、許し〔…〕、あるいはまた(複製でない)能動的な理解や聴取である。(5. 358)

「愛」や「承認」、「許し」は、相手と一体化するのではなく、相手に見えていないものが自分には見えているという〈余剰〉を活かしてこそ可能なのであり、〈距離〉が重要だというのです。これは、わたしたちの日常生活にも十分あてはまることでしょう。

やはりドストエフスキーを例にとりながら、バフチンはつぎのようにものべています。

こうした余剰は、待ち伏せや、背後から近づき攻撃するためにもちいられたりはしない。これは、対話的に他者にあきらかにされている公開の誠実な余剰であり、当事者不在ではなくて、じかに向けられた言葉で表現されうる、余剰なのである。(5. 358)

ここでいわれているような〈外在性〉ゆえの〈余剰〉は、見ることだけでなく、聴くこと、あるいは行動一般にかんしてもいえるでしょう。

はたして、こうした〈余剰〉をわたしたちは日常生活のなかでどの程度意識しているものでしょうか。バフチンのいうように、〈外在性〉ゆえの〈余剰〉は、愛にもなれば、攻撃にもなります。そうとなれば、この危険性をふせぐためにも、対話能力を高めるほかありません。〈余剰〉は、創造的に行使するのがけっして容易でないばかりか、あやうい特権にもなってしまうのです。

ところで、さきに見た箇所でバフチンは「鏡も写真も役立たない」とのべていました。この点ももうすこし細かく見ておきましょう。

自分の外貌を見るまったく特殊なばあいとして、鏡で自分を見ることがある。たぶん、このばあい、われわれは自分を直接見ているとおもっているのであろう。けれども、じつはそうではない。われわれは自分自身のうちにとどまり、ただ自分の反映だけを見ているのである。この反映は、われわれが世界を眼にし、体験する直接の契機とはならない。われわれが眼にしているのは、自分の外貌の反映であって、その外貌をもった自分ではないからであり、外貌はわたしのすべてを包んでおらず、わたしは鏡のまえにいて、鏡のなかにはいないのである。鏡があたえるのは、自己客観化の素材にすぎない。しかも、純粋なかたちにおいてですらない。じっさい、鏡のまえのわれわれの状態には、つねにいくらかごまかしがある。(1. 112)

自分の写真もやはり、照合のための素材を提供するにすぎない。このばあいにもわたしたちは、自分を見るのではなくて、作者なしの自分の像を見ているだけである。(1. 114)

バフチンは「鏡」をいくつかの比喩でもちいていますが、基本的には鏡はほんものの他者たりえないとみなしています。鏡を見ても、他者の眼で自分を見ているわけではない、ということです。これにたいして、「十分信頼できる画家の手で描かれたわれわれの肖像画となると、話はべつである」といいます(1. 114)。そのような画家には、他者としてわたしに接する力があるということなのでしょう。

もっとも、昨今では、すぐれた写真家にとってもらった写真にもそのような力があるのかもしれません。

ちなみに、一五年ほどまえのことですが、わたしのゼミの一学生が写真サークルに所属しており、その展示会にでかけたところ、当人制作の写真は空や屋根を下から見あげて撮ったものばかりでした。理由をたずねたところ、「ひとを撮るのはまだこわい」とのことでした。ほんものの他者としての立場から相手をとらえる自信がまだなかったのだとおもいますが、むしろこの学生は他者としての責任を感じているすばらしい芸術家だと感心したおぼえがあります。

10 相互が変化し豊饒化する闘争

バフチンは、〈対話〉〈交通〉〈相互作用〉といった用語とならんで、〈〈内的対話〉や〈内的に説得力のある言葉〉に関連してすでにでてきたように〉〈闘争〉とか〈闘い〉と訳せる用語をつかうことがあります。

たとえば一九五二年末ごろに書かれていたとされる「「ことばのジャンルの問題」への覚書」には、「話し手たちの対話的相互関係の独特な諸形式(交通と闘争という出来事)」(5. 207)とか、「対話、すなわちさまざまな個性の出会い、接触、闘争」(5. 215)と記されています。

「一九六〇年代から七〇年代初頭にかけての研究メモ」にも、「あらゆる言葉は、各人にとって、自分の言葉と他者の言葉に分けられるが、両者の境界は混同されることがあり、これらの境界上では緊張した対話的闘争が生じる」(6. 406)とあります。

また、『ドストエフスキーの創作の問題』ではつぎのようにものべていました。

ドストエフスキーにおける意識は、けっして自足することはなく、他の意識にたいして張りつめた構えをとっている。主人公のどの体験、どの考えも内的に対話的であり、論争的にいろどられており、闘争に満ちているか、あるいは逆に、他者のひらめきにたいして開かれている。(2.41)

もっとも、バフチンのいう〈闘争〉はたがいをつぶしあうものではありません。すでに見たように、「理解しようとする者は、自己がすでにいだいていた見解や立場を変える、あるいは放棄すらもする可能性を排除してはならない。理解行為においては闘いが生じるのであり、その結果、相互が変化し豊饒化するのである」ということでした。たがいが豊かに変化するための〈闘争〉です。

けれども通常は、〈対話〉と〈闘争〉は相容れないもののようにおもわれているのではないでしょうか。〈討論〉・〈ディベート〉と〈闘争〉であれば、まだ同等視も可能かもしれませんが、「対話とは闘争なのである」といわれると、通常の〈対話〉イメージからずいぶんかけはなれているような気がするかもしれません。

じつは、バフチンのいうこの〈対話＝闘争〉観は、とてもたいせつなことを指摘しています。対話する両者のあいだにあらたな意味が生まれるという意味での〈創造的対話〉の重要性については、おおくの方が賛同できるとおもいますが、そのさい、「自己がすでにいだいている見解や立場を変える、あるいは放棄すらもする可能性を排除してはならない」としたら、どうでしょうか。

やはり対話はさけたほうがよさそうだ、とおもうひともいるかもしれません。けれども、こうした対話こそがほんとうは実りおおいのです。

また、対話によっていままでの自分を変えられるのだとおもえば、こうした〈対話＝闘争〉はかならずしも否定すべきものではありません。

そもそもこの闘いは、けんか別れするどころか、高次の〈同意形成〉をめざすものでもありました。問題の共通性さえ確認されていれば、果てしない〈対話＝闘争〉もいとわずといったところでしょうか。〈ポリフォニー的一致〉をめざすわけです。

さらには、バフチンの対話観からすれば、わたしたちは対話を通じて自分自身が変わってしまう可能性があるだけではありません。（さきにもすこし触れましたが）そもそも他者との対話的関係なくしては、自分になることができません。

「一九六一年の覚書」には、ドストエフスキーの特徴についてつぎのようにのべた箇所があります。

ひとつの意識だけでは自立できず、存在できない。他者のために・他者を介して・他者の助けによって自身をあきらかにすることによってのみ、わたしは自身を意識し、自分自身となる。自意識を構成している最重要行為は、他者の意識(なんじ)にたいする関係によって規定されている。(5. 343)

「他者のために・他者を介して・他者の助けによって」はじめて、わたしは「自分自身」となるというのです。それゆえ、他者を欠いたままでは自分は存在できないのであり、したがってまた「分離、孤立、自己への閉じこもりは、自分自身の喪失の基本的理由である」ということになります(5. 343)。

資本主義は、特殊な型の出口のない孤独な意識のための条件をつくりだした。ドストエフスキーは、悪循環をつづけるこの意識の欺瞞性を徹底してあばきだしている。階級社会における人間の苦悩、屈辱、**未承認状態**を描いているのは、そのためなのである。階級社会の人間は、**承認**をうばわれ、**名**をうばわれている。この人間は、しいられた孤独のなかに追いやられているが、不従順な者はそれを**誇らしい孤独**へと変える(承認や他者なしですます)ことをめざす。(5. 345)

二一世紀の今日でも、「**承認**をうばわれ、**名**をうばわれている」人びとはすくなくありません。その理由はさまざまです。

ここではバフチンは、そうした状況をまねいている最大の要因として、階級社会がもたらす、「出口のない孤独な意識」をあげています。しかも、この意識は「幻想」であるとのべていました。人間は孤立した状態にあるのが当然であるかのような「幻想」がつくりだされているというのです。けれどもじっさいには、ひとは対話的関係のなかにいるとするバフチンからすれば、〈孤独〉は錯覚であるというわけです。

もっとも、〈他者〉なしの「**誇らしい孤独**」をえらぶ者もある、とバフチンはことわっています。「ひとりぼっち」ではなく「一匹狼」といったところでしょうか。

たしかに、〈孤独〉にもさまざまなかたちがありえます。また、定義もわかれています。文学者や哲学者、芸術家のなかには、〈孤独〉のたいせつさを説くひとが何人もいましたし、今日もけっしてすくなくありません。〈孤独〉のなかでこそ生まれくるものがあるというわけです。たしかにそのとおりだとおもいます。

また、日常生活においても、世間や「つながり」のわずらわしさをさけて、〈孤独〉をえらぶことがあります。オフラインにしてネットワークをあえて断ち切るのも、そうした選択のひとつでしょう。
けれども、対話主義者バフチンとすれば、やはりつぎのように主張することになります。

わたしは他者なしですますことはできないし、他者なしで自分自身になることはできない。わたしは他者のなかに自分自身を見いだし、自分自身のなかに他者を見いださねばならないのである(相互反映、相互浸透)。正当化は**自己**正当化となることはありえず、承認は**自己**承認となることはありえない。わたしの名をわたしが受けとるのは他者たちからであり、わたしの名は他者たちのためにある(みずから名づけるのは僭称)。自分自身にたいする愛も、ありえない。(5. 344)

このようにかんがえるバフチンからすれば、〈孤独〉はしいたげられたものであり、疎外された状態です。絶望し、応答することすら忘れているような状態です。「出口」がないかのようにおもいこまされているのです。こうした状態をドストエフスキーはあばいているというわけです。

バフチンによれば、通常、おおくのひとは、たとえ声にださずとも他者からの応答をもとめています。「じっくりと思考するためには孤独な時間をもつことが欠かせない」というひともいますが、バフチンからすれば、そのばあいの思考は〈内的対話〉状態であって、他者がともなっています。ひとは、自分や話し相手、さらには第三者（裁判官や神）に〈呼びかける〉存在なのです。自分をうしなわないためには、やはり他者がどうしても欠かせません。

この点で興味深いのは、バフチンが、自分の内部に他者との出会いが染みこんでいることをひときわ高く評価していることです。


内的なものすべては自己充足してはおらず、外に向けられており、対話化されている。内的体験のそれぞれが**境界上に**あって、べつの体験と出会っており、こうした張りつめた出会いのなかにこそ、内的体験の本質はある。これは、（外的でも、モノ的でもない、内的な）**最高次の社会性**である。（5. 344）

このように、バフチンは内なる社会性を高く評価しています。外的な社交性よりも、内に染みこんでいる高次の社会性が重要であるというのです。

言葉がそのなかにはらむ対話性をいちばん活かしているのは小説であると主張するバフチンは、つぎのようにのべています。

小説の発展とは、対話性の深化、対話性の拡大と洗練にある。対話に引きこまれない中性的で確固たる(「石のごとき真実」)要素は、どんどん減少していく。対話は分子の深み、さらには原子内の深みへとはいりこんでいく。(3. 52)。

ここでいう〈小説〉は、〈ひと〉や〈社会〉におきかえてもよいのではないでしょうか。バフチンは、小説論に仮託して、わたしたちの生き方そのものを語っているものとおもわれます。

ちなみに、一九三〇年代のバフチンは、〈ポリフォニー小説〉と〈モノローグ小説〉といった対置にほとんど言及しなくなり、その代わりに小説と叙事詩の対比に重点を移しています。バフチンによれば、小説とは「ガリレオ的言語意識の表現であり、それは単一で唯一の言語の絶対性を認めない。つまり、自己の言語をイデオロギー的世界の唯一の言語・意味的中心とみなすことを拒む。〔…〕小説は、イデオロギー的世界の言語・意味的な脱中心化を前提としている」ものでした(3. 121)。

フランス在住の社会学者であり哲学者でもあるマウリツィオ・ラッツァラートは、こうした小説観をテレビ批判に活かそうとしています。

バフチンによれば、小説は、さまざまな文化的・意味的・表現的な意図が「単一言語というくびきから解放される」プロセスである。〔…〕小説によって生を与えられた言語的多数多様性は、さらに文学的次元における多数多様性を構築し、表現するものとなる。小説のこのような機能は、まさにテレビ・ネットワークの機能とは正反対である。対話主義、複数言語主義、ポリフォニー性は、遠心的な力の流れによって展開し、単一言語的な論理にたいして表現の内容と形態をぶつけることによって、その論理を打ち負かす。その単一言語的な論理を、われわれは「テレビの隠語《ジャルゴン》」と呼ぶことができるかもしれない。テレビの隠語にそなわる価値観やアクセント、抑揚の変調は、声の多数多様性を横断しながら、そこに均質化をもたらすからである。(22)

ラッツァラートによれば、テレビは「単一言語主義による中央集権化と組織化をつうじて、マジョリティを構成し、平均的人間をつくりだすための機械」となっています。そこでは、「あらゆる生成変化が無力化されてしまっている画一的な主観性」がつくりだされています。(23)こうした傾向とはべつの可能性を、バフチンの小説論からくみとるべきだというのです。

これにかぎらず、バフチンの小説論は文学の枠を超えて「応用」できそうな点をかずおおくやどしています。

たとえば、〈無理解〉が小説の形成史上で果たした役割をめぐる見解などもそのひとつです。

さきにバフチンは、「小説は、イデオロギー的世界の言語・意味的な脱中心化を前提としている」とのべていましたが、そうした「脱中心化」的ふるまいの代表的ケースのひとつが、愚者による〈無理解〉です。

小説における愚かさ（無理解）は、つねに論争的である。それは、知恵（いつわりの高尚な知恵）と対話的に相関しており、知恵と論争し、知恵をあばく。愚かさは、〔悪漢の〕陽気な欺瞞や他のすべての小説的カテゴリーとおなじように、小説の言葉の特殊な対話性から発する対話的なカテゴリーである。それゆえ、小説における愚かさ（無理解）は、つねに言語や言葉に関係している。すなわち、その基礎には、他者の言葉にたいする論争的無理解、世界を意のままにし世界を意味づけようとしている他者のパセティックな嘘にたいする論争的無理解、事物や出来事に高尚な名を付している公認の規範化された偽りまみれの言語――詩的言語、学者の衒学的な言語、宗教言語、政治言語、法律言語、その他――にたいする論争的無理解が、つねにある。（3. 158–159）

愚者は、さまざまな立場の権威と対話的、論争的に対立します。バフチンによれば、小説の作者が愚者を必要とするのは、「愚者が、まさしく無理解者として存在することによって、社会的約束事の世界を異化する」からにほかなりません(3. 159)。〈無理解〉ゆえに、逆に、真相をうかびあがらせるというわけです。

バフチンは〈無理解〉の例を文学作品から引いていますが、わたしたちのまわりにおいても、モノローグ的に、一方通行的に「上」から虚偽がおしつけられていることがあります。権力側のこうした虚偽にたいしては、〈無理解〉がひとつの批評となる可能性がないわけではありません。正面からまともにぶつかりあう論争ではなく、自身を笑われる立場におきながらも、同時に世界を笑ってもいるような〈対話〉が、硬直化した世界にほんのわずかなりともひびを入れることが期待されます。

こうした可能性を秘めているのは、愚者だけにかぎりません。道化もまた、「あらゆる現存の生活様式が真の人間にふさわしくない状態」と闘います(3. 415)。

〔愚者や道化という仮面をつけることにより〕生活を理解せず、もつれさせ、からかい、誇張する権利を得る。パロディ化して語ったり、文字どおりではなかったり、自分自身ではなかったりする権利〔…〕、ほかの者たちから仮面をはがす権利、本質を衝いた(礼拝じみた)罵詈雑言をあびせる権利〔…〕を得るのである。(3. 415)

ちなみに、パロディもまた、元の表現を相手にした対話として、バフチンが幾度となくとりあげている現象ですが、こういう二声的表現にたいする許容度は日本ではかなり低く、ことに諷刺的パロディなどでは、パロディ化される側からの抗議がでることもすくなくありません。それをさけるには、無理解者をよそおったパロディもひとつの方法かもしれません。

III

相互作用のなかのことば

11 言外の意味

バフチンは、〈対話の哲学〉者のおおくとちがって、言語論にも本格的に取り組んでいました。『小説の言葉』（一九三四―三五年）という著書もあるように、文学の言葉をあつかっているケースが中心をなしていますが、日常生活の言語、あるいは言語一般にかんしても著作をのこしています。

以下のところでは、バフチンの言語観を中心に見ていくことにしますが、そのまえに、これまで何度かでてきた〈発話〉という用語についてあらためて説明しておきましょう（この用語は〈言表〉と訳されることもあります）。

すでに見たように、バフチンは、そもそもことばというものは、話し手と聴き手の相互作用のなかで生まれてくるものであるとかんがえていました。辞書に記されている語義は、そのままではまだ「ことば」とはいえません。

そして、相互作用という社会的な場にある以上、ことばにはつねに社会的評価や能動的な応答がともなっているとみなしていました。

こうした状態のなかでとらえた〈単位〉ないし一区切りを、言語学があつかう〈文〉sentenceと区別して、〈発話〉utteranceとよんでいました。〈発話〉の区切りは、話し手・書き手の交替によって示されます。単文、複文などといった文の終止符が区切りになるのではなく、話し手がひとまとまりの発言をしおわり、べつのひとに入れ替わった時点が、区切りとなります。主体が交替するということです。したがって、たった一語であってもひとつの〈発話〉となりえますし、長大な演説であってもひとつの〈発話〉ということがありえます。

他方、当時の言語学は、そうした対話的相互作用の場からきりはなされた語や文を分析対象としており、「主語」「述語」「補語」その他の用語をつかって説明していました。〈客体〉として文法的に〈文〉〈あるいは〈文〉どうしの関係〉を分析したり、説明したりしていたのです。

これにたいしてバフチンは、あるひとが「人生はすばらしい」と二度発言したばあいと、あるひとが「人生はすばらしい」と発言し、またべつのひとがおなじく「人生はすばらしい」と発言したばあいでは、大きな違いがあるとかんがえました。前者は、おなじ言語表現が二回くりかえされただけであるのにたいして、後者のばあいは、二人の相異なる主体によって発言されたふたつの〈発話〉のあいだに同意、肯定などの対話的関係が生じていることになります(6.206)。「それは**二人の**相関関係のなかでの一定の対話的出来事であり、**こだま**ではない」というのです(5. 336)。言語学があつかう「人生はすばらしい」という〈文〉のばあいは、〈人格〉あるいは〈作者〉、〈主体〉がはぶかれています。

〈対話〉を重視するバフチンにとっては、この違いは決定的でした。

> 発話の本質的な(根本的な)特徴は、それがだれかに**向けられている**ということ、**宛名をもっている**ことにある。言語の有意味的単位――無人格的であって、だれのものでもなく、だれにも宛てられていない語や文――とちがって、発話は、作者と(またしたがって、すでにのべたように、表情も)、受け手をもっている。(5. 200)

〈発話〉は、言語学のあつかう〈文〉とはちがって、「だれかに**向けられて**」おり、「**宛名をもっている**」のです。

バフチンにいわせれば、「言語が生息するのは、言語をもちいた対話的交通の場をおいてほかには」ありません。「対話的交通こそ、言語が真に**生きている**領域」です(6. 205)。ところが、当時の言語学は、そうした対話的交流のなかで言語をとらえようとしていません。ひとまとまりの言語体系(たとえば日本語、フランス語など)とそれを話す個人しか念頭においていませんでした。

バフチンは、対話的状況のなかで言語をとらえることにたいして言語学がいかに無力であるかをいくつも例示していますが、なかでもつぎの例はきわめて明快です。

> 二人が部屋にいる。黙りこくっている。ひとりが話す、「так《ターク》!」と。もうひとりはなにも答えない〔この場合の так は英語の well に近い〕。
> 話の最中に部屋にいないわれわれにとっては、この「会話」はまったく理解できない。それだけを孤立させてとらえた発話「так」は空虚であり、まったく意味がない。だがにもかかわらず〔…〕わずか一語からなる、二人のこの独特なやりとりは、十分に意味に満ちており、十分に完結している。
> このやりとりの意味をあきらかにするには、これを分析する必要がある。だがじっさい、われわれはこの場合なにを分析に付すことができるのであろうか。発話の純粋に言語的な部分にいかにかかりきりになろうとも、また「так」という言葉の音声学的契機、形態論的契機、意味論的契機をいかに繊細に定義づけようとも、やりとりの総体的意味の理解には一歩たりとも近づきはしないであろう。

この言葉が発せられたときの――憤然として非難しているものの一種のユーモアでやわらげられている――イントネーションもわかっていると仮定しよう。このことは、副詞

「**так**」の意味の空白をいくらかおぎなってくれるが、それでもやはり全体の意味はあきらかにしてくれない。

いったいなにが不足しているのであろうか。それは、「**так**」という言葉が聴き手にとって意味をもってひびいていた「**言外のコンテクスト**」である。(7. 77)

発話のこうした言外のコンテクストとして、バフチンは以下の三つをあげています。

(1)話し手どうしに共通する**空間的視野**(見えているものの共通性――部屋、窓、その他)
(2)**状況にかんする**、双方に**共通する知識や理解**
(3)この状況にたいする、双方に共通する評価(7. 77-78)

やりとりの瞬間、双方の話し手は窓の外を**見やり**、雪がふりだしたのに**気づいた**。**双方とも**、もう五月であり、とっくに春になるはずだということを**知っている**。さらに、**双方とも**、長引く冬に**うんざりしている**。**双方とも**、春を**待ち望み**、**双方とも**、季節はずれの降雪に**がっかりしている**。こうしたことすべて――「**ともに見えているもの**」(窓の外に舞い散る雪)、「**ともに知っていること**」(時は五月)、「**評価が一致しているもの**」(うんざりする冬、待ち遠しい春）——に、**発話は直接に立脚しており**、こうしたことすべてが発話の生きた動的な意味によってとらえられ、発話のなかにすいこまれているのだが、ただしこの場合、言葉で示されたり発話されたりはしないままになっている。雪は窓の外にのこり、日付は暦の紙片上にのこり、評価は話し手の心理のなかにのこっているが、こうしたことすべては「так」という言葉によって**言外に示されている**。(7. 78)

こうした〈言外に示されているもの〉を知ってはじめて、「так」という発話の意味も十分に理解できるし、イントネーションも理解できるというわけです。

そのくらいのことはあらためて説明されるまでもなく承知しているといわれる方がおおいかもしれませんが、「так」というこの短い一語の意味を理解するのに、ここまでコンテクストやシチュエーションを考慮に入れなければならないとすると、〈理解〉というのはけっこうたいへんです。

けれども、バフチンからすれば、こうした「**状況は、発話のなかに、発話の意味成分の必須の構成部分として加わって**」います(7. 78)。発話は、「言語的に実現された(おもてにだされた)部分」と、「言外に示された部分」からなっているのです(7. 78)。この両面を考慮に入れてはじめて、対話的言語論は成り立つということでしょうが、じっさいには容易なことではありません。すくなくとも当時の言語学には、ここまで言外の要素を考慮する余裕はありませんでした。

さらにバフチンは、発話の身近な生活上のコンテクストを知らずしては理解できないだけでなく、このコンテクストが空間的、時間的にさまざまな規模になりうる可能性も強調しています。それは、家族、民族、階級や、日々、数年、幾時代の〈言外に示されているもの〉にもなりうるといいます。こうしたコンテクストを承知せずして、その発話の意味を的確に理解することはむずかしいというわけです。いわば社会的・歴史的コンテクストです。

たしかに、当該の地域の現状や歴史に十分通じていないがために、発話を正確に理解できないようなケースは、わたしたちのまわりでもまれではありません。当該の社会や歴史のコンテクストを見誤ると、深刻な事態をまねきかねません。こうしたケースは、国際関係をもふくめた異文化コミュニケーション一般にもあてはまることでしょう。

また、バフチンは、そもそもわたしたちは辞書に記されているままの語義をつかっているのではなく、そのつどのコンテクストもふまえて、語義に〈社会的評価〉などをそえながら柔軟に発話していることを強調していました。ごく卑近な例をあげるならば、「忖度」ということばなどは、もはや肯定的な意味ではつかいにくくなってきました。あるシチュエーションでつかわれた「おもてなし」ということばを、「裏ばかり」と「深読み」したひともいます。ましてや語結合や文となると、かなり勝手な用い方も可能になってきます。たとえば、ひとかけらの誠意もないにもかかわらず「誠意をもって対処いたします」などのような発言が政治家や経営者などによって臆面もなくくりかえされています。こうした発言を鵜呑みにしないためには、コンテクスト力が欠かせません。

対話的交通で重要な役割を果たしているもうひとつの要素は、イントネーションです。バフチンが強調しているのは、〈肯定文〉〈疑問文〉〈感嘆文〉等々の文法的イントネーションではなく、発話においてはじめてあらわれる〈表情表現イントネーション〉の役割です。

表情表現イントネーションは、個人的であり、完全に自由である。たとえば「かれは死んだ」という発話は、具体的な状況や話し手の個性(話し手の個人的企図)しだいで、悲劇的トーン、抑鬱的なトーン、冷淡なトーン、喜ばしいトーン、歓喜のトーンなどで発せられうるし、感情の乱れを(暗くも、悲しくも)表現することもある。(5. 262)

これも、わたしたちは日々実感するケースがおおいものとおもわれます。イントネーションこそが、相手が伝えたいことをいちばんあらわしているように感じることがよくあります。それはかならずしも明確なメッセージであるとはかぎらないのですが、感情や気持ちはいちばんくみとれたりもします。

メールの場合のように、文字だけの情報交換のばあいに生じる誤解や不安もこのことと関連しています。イントネーションはいわば〈顔〉であり〈心〉なのです。それが読みとれないと、いまひとつしっくりといきません。顔文字がいくら緻密になっても〈顔〉の代わりは十分にはできません。

それと同時にバフチンは、このイントネーションが多様な表情をあらわしうるにとどまってはいないことにも、注意をうながしています。さきにもすこしふれましたが、イントネーションが向けられているのは直接の対象にかぎらないというのです。

じっさい、「так」という言葉のイントネーションには、生じていること(降雪)にたいする受動的な不満だけでなく、能動的な憤激や非難もひびいていた。この非難はだれに向けられているのであろうか。聴き手ではなく、だれかほかの者であることはあきらかだ。イントネーションの動きのこの方向は、あきらかに状況を外に開いており、**第三の参加者**に場所を提供している。非難はだれに向けられているのか。雪にだろうか。自然にだろうか。ことによると運命にだろうか。〔…〕

生活のなかの興奮したことばづかいの生きた動的なイントネーションのほとんどすべては、対象や事物の背後に存在する生きた参加者や生の原動力に話しかけているかのように

発せられる。(7.81)

イントネーションだけでなく、身振りなども、〈第三の参加者〉が存在していることがおおく、それは「生命をもたない事物や現象、あるいはなんらかの生活状況」であったりもするとのことです。「怒りが爆発して不明の誰かをこぶしでおどしたり、誰もいない空間をわけもなくにらみつけたりすることがよくあるし、太陽、木々、思考など文字どおりすべてのものにほほえむこともできる」のです(7.82)。

イントネーションや身振りのこうした二方向性がもつ重要性は、意外に注目されていません。けれども、たしかにわたしたちは、いま・ここの聴き手のほかに、時間的・空間的に大きくはなれていることもありうる〈第三者〉にも正当性を訴えたり、理解をもとめているようなことがあります。その場にいない者に応答をもとめているわけです。身近な者にわかってもらえていなくとも、応答をもとめる姿勢だけはうしなわれていない。結局、自分をもふくめた三者で対話をしているということです。もちろん、この〈第三者〉が神であるケースもありえます。

12 言語のなかでは、さまざまなことばが対話をしている

具体的な場でわたしたちはどのように〈対話〉しているかを、もうすこし見ていくことにしましょう。

バフチンによれば、そもそもわたしたちの発することば（や身振り、その他）は、つねに他者からの応答をあてにしています。その他者は、眼のまえに実在していることもありますし、あるいは心のなかで念頭においているだけのこともあります。そうした他者は、自分がことばを発する直前だけでなく、直後にも存在しています。

まずは、先行者との関係を見てみましょう。

じっさいには、どんな発話も、発話の対象のほかに、先行する他者の発話に、なんらかのかたちで（広義での）返答をつねにおこなっている。話し手はアダムではなく、それゆえに、話し手のことばの対象そのものが、（日常のなんらかの出来事をめぐる談話や論争で）直接

の話し相手たちの意見と出会う舞台、〈文化的交通の領域で〉さまざまな観点、世界観、思潮、理論などと出会う舞台になるのは、さけられない。(5. 199)

自分のことばはつねに他者のことばを引きついでいるということです。だれも発したことのないことばを、自分がはじめて発するというようなことはありえません。アダムではないのです。「対象に向けられた言葉は、他者の言葉や評価、アクセントからなる、対話的にかき乱された緊張した環境のなかにはいっていく」とものべています(3. 30)。なにかについて話したり書いたりするさいには、そのなにかをめぐってすでに表現されたかずおおくの他者の発話とでくわす。ということは、「なにか」について直接に表現しているのではなく、先行する他者たちのさまざまな見解や価値観その他との関係をふまえながら、発話していることになります。

このように、わたしたちの発話は自分がそっくり発明したものではなく、どの発話にも〈過去との対話〉がともなっているという事実は、わたしたちにも認められるものとおもわれます。けれどもそれだけでなく、バフチンは〈未来との対話〉の存在も同様に強調しています。

だが発話は、言語的交通の先行の環だけでなく、後続の環ともむすびついている。発話が話し手によってつくられるときには、もちろん後続の環はまだ存在していない。けれども発話は、最初から、予想される返しの反応を考慮してつくられるのであって、じっさいには、まさにそうした反応のためにつくられているのである。〔…〕話し手は最初から、他者の応答を、能動的な応答的理解を期待している。(5. 199-200)

すなわち、わたしたちの発話のなかには、過去からも未来からも他者がはいりこんでいるということです。わたしたちは、先行する他者に応答しているだけでなく、あとにつづくであろう他者の応答も念頭においています。

たしかに、文章を書いているときなども、わたしたちは、先行者の発言はむろんのこと、自分の文章をこれから読むであろうひとがどのように反応するかも、ある程度予想・期待しているものです。わたしたちの発話はつねに他者との対話の流れのなかにあることの自覚が重要だと、バフチンはいいたいのでしょう。

ただし、例によって、ここでもバフチンは「能動的な応答的理解」を前提にしています。けれども現実には、好ましい他者ばかりとはかぎらないでしょう。じっさい、『ドストエフスキーの創作の問題』では、他者の発話を先取りしすぎて自分が混乱してしまうような人物の例がいくつもあげられています。とくに興味深いのは、ひとは〈最後の言葉〉を慎重にさけて〈逃げ道〉の言葉をよくつかうという指摘です。ただし、〈逃げ道〉といっても、非難されるべきものではありません。
ともあれ、このように発話が前後から他者にはさまれているとなると、そのときどきの発話の意味を、他者との関係ぬきに理解することはできません。

われわれの発話の表情表現は、その発話の対象にかんする意味内容によってだけでなく——ときにはそれよりもむしろ——おなじテーマをめぐる他者の発話によっても決定されることがきわめておおい。それらの発話にわれわれは返答したり、それらの発話と論争する。それらの発話ゆえに、個々の要素を強調したり、くりかえしたり、より辛辣な(あるいは逆に、よりおだやかな)表現を選択したり、挑戦的な(あるいは逆に、譲歩する)トーンをえらんだりする。発話の表情表現は、発話の対象にかんする意味内容のみを考慮していては、完全に理解したり説明することはけっしてできない。発話の表情表現は、程度の差はあれ、つねに**応答**なのである。つまり、他者の発話にたいする話者の態度をあらわしているわけであり、自分の発話の対象にたいする話者の態度のみをあらわしているのではない。(5. 196)

バフチンによれば、この〈応答〉は、意味そのものではなく、「意味の倍音《オーバートーン》、表情表現の倍音、スタイルの倍音、構成《コンポジション》の微妙なニュアンス」となってあらわれることがあり、こうした「**対話的な倍音**」を考慮せずしては発話を十分に理解することができません(5. 197)。繊細さが要求されます。

このように、発話は、つねに他者の発話を念頭においているわけですが、こうした状況は、ひろい意味での「引用」ともかかわってきます。バフチンは、「引用」もまた〈対話〉という視点からとらえていました。

> この関係は、対話のやりとりの関係に似ている(もちろん、おなじというわけではない)。他者のことばを隔離するイントネーション(書きことばならば引用符で示されるそれ)は、独特な現象である。それはいわば、発話の内部に移された、**ことばの主体の交替**である。この交替がつくりだす**境界**は、このばあい、弱まっており、特殊である。話し手の表情表現は、この境界をつらぬきとおして、他者のことばにまでおよんでおり、他者のことばをわたしたちは、イロニー、憤慨、同情、敬虔などのトーンで伝えることができる(この表情表現は、表情ゆたかなイントネーションのおかげで伝わるのである。書きことばのばあい、われわれはそれを他者のことばを囲んでいるコンテクスト、あるいは言外の状況にもってただしく推察し感知する)。(5. 197-198)

たしかに、わたしたちの発話のおおくは、他者のことばを伝えています。意識しないままに、直接話法、間接話法、その他さまざまな話法をつかっている可能性があります。小説家などはこうした話法を自覚的にたくみにつかいわけるでしょうし、学術論文などでは引用箇所の明記などをおこないます。けれども通常は、さほど自覚しないまま他者のことばをつかっていることのほうがおおいのではないでしょうか。「○○さんの話で……」とか「○○さんに聞いたんだけど……」といったように、自覚なきままに他者の発話を紹介しているものです。なかには、引用されている箇所を、引用されているひとの口調をみごとにまねて示すひともいたりします。

このようにわたしたちのことばが「引用」に満ちていることを自覚することもまた、わたしたちが（そしてわたしたちの発話も）つねに対話的関係のなかにあることを再認識することにつながるのではないでしょうか。さらには、引用の仕方にも責任があることも。じっさい、引用の仕方しだいで、人間関係もそこなわれかねません。

＊

日常にありがちなこのような現象としては、バフチンのいう〈ことばのジャンル〉もあげられます。

日ごろ経験することですが、わたしたちは、いあわせた場しだいで、話を自分から切りだしにくかったり、あるいは逆に、相手のいっていることがずれているように感じることがあります。

バフチンによれば、これには〈ことばのジャンル〉というものが関係しています。

言語〔たとえば日本語〕をみごとにわがものとしている者のおおくも、交通領域によってはみずからを無力に感じることがよくあるが、それはその領域のジャンル形式を実践的に身につけていないせいにほかならない。文化的交通のさまざまな領域のことばをみごとにわがものとしている者、講演をしたり、学問的論争をおこなったり、社会問題についてみごとに発言する能力をもった者が、俗世界の会話では、おしだまったままだったり、ひどく不器用な発言をおこなったりすることがよくある。(5. 183)

いかにもありそうな話です。ある言語、たとえば日本語の語彙や文法をしっかりと身につけるということと、じっさいに具体的な場でことばを発するということは、まったくべつのことなのです。じっさいにことばをつかおうとすると、「語学力」だけでなく、さまざまな〈ことばのジャンル〉も関係してきます。

ことに強調しておかねばならないのは、〔話しことばおよび書き〕ことばのジャンルが極端に**多種にわたっている**ことである。じっさい、ことばのジャンルには以下のものもふくめなければならない。日常生活の対話の簡単なことばのやりとりも〔おまけに、対話の種類は、会話のテーマ、状況、参加者の構成いかんで、はなはだ多様なものとなる〕、日常生活のなかでの叙述も、〔多様な〕手紙も、簡潔で紋切り型の軍隊の号令も、長めで詳細な指令も、実務文書のかなり雑多なレパートリー〔その大半が紋切り型〕も、ジャーナリズムの評論〔広義での社会評論、政治評論〕の多様な世界も。さらには、学術的表現の多様な形式も、〔諺にはじまって何巻もある小説までの〕あらゆる文学ジャンルも、ふくめなければならない。（5. 159-160）

このように、バフチンのいう〈ことばのジャンル〉は、はなはだ多様です。文体の違いなどといったレベルとはまったくべつものであり、通常ならばもはや〈ジャンル〉としてくくったりしないような小さな単位にまでおよんでいます。若者特有の通用語などもひとつのジャンルということになるでしょう。あるいは、文学のさまざまなジャンルや新聞なども、大きなジャンルを形成しています。

そして、わたしたちは、こうした〈ことばのジャンル〉を意識し、その都度つかいわけることができてはじめて、繊細でしなやかな対話ができるというわけです。もっとも、これもまたあらためていわれるまでもなく、おのずと実践できている方がおおいことでしょう。

よくある日本人論のたぐいには、日本人は討論は苦手でも「空気を読む」のは得意であるといったことが書かれています。はたして今日でもそうなのかどうかはあやしくおもわれますが、それはともかく、ここでバフチンがいっていることは「空気を読む」に一見似かよっています。けれども、バフチンは、「空気を読む」とか「顔色をうかがう」といったことを念頭においているわけではありません。そうした側面も皆無ではありませんが、もっと重要なのは、ひとつの言語、たとえば日本語のなかには、じつに多様な〈ことばのジャンル〉が存在していることに思いをいたすということです。〈日本語〉というひとつの言語しか存在しないわけではありません。

もちろん、バフチンが〈ことばのジャンル〉を問題にした時代とはちがい、昨今では社会言語学も発展し、そこでは地域的方言だけでなく社会的方言もとりあげられ、たとえば「若者ことば」なども研究対象とされています。

ただし、対話関係を基礎とするバフチンの〈ことばのジャンル〉論は、たんに多様性を統計的に確認するにとどまることなく、〈ことばのジャンル〉どうしの力関係にも注目していました。

〈ことばのジャンル〉どうしはけっして対等な関係にはありません。それが形成されてきた環境や社会構造その他とむすびついており、ランク付けのようなものがともないがちです。

つぎのような一節は、わたしたちの日常生活にもあてはまることですが、じっさいにはさほど自覚されていません。

詳細な分析をほどこせば、言語的相互作用の過程において**階層的契機**がいかに大きな意義をもっているか、交通の階層的組織が発話形態にどれほど強力な影響をおよぼすかが判明するであろう。ことばの作法やことばの駆け引き、あるいはまた発話を社会の階層的組織に適応させる他の諸形式は、日常生活の基本的なジャンルをつくりだす過程で重要な役割を果たしている。（9. 28-29）

この点では日本語は、敬語やジェンダー、呼称など、具体例にこと欠きません。こうした現象は、時代に応じて変化してきているとはいえ、いまなおきわだった〈階層的契機〉であることはたしかです。

これに関連して、バフチンのいう〈異言語混淆《ラズノレチエ》〉にもふれておきましょう。〈異言語混淆〉とは、ひとつの言語（たとえば日本語）で表現しているかに見えて、じっさいにはさまざまなことばづかいが入りまじっているような状態をさします。

これだけですと、〈ことばのジャンル〉とおなじ現象をさしているかのようにおもわれるかもしれませんが、バフチンが〈異言語混淆〉というばあいは、たんに多様であるだけでなく、多様なそれぞれのことばが一言語内で対話していることに、重点がおかれています。

この点を、バフチンはつぎのような例でもって説明しています。

あらゆる中心部から遠くはなれていて、かれにとってはまだゆるぎない不動の生活のなかに無邪気に浸りきっている、読み書きのできない農民が、いくつかの言語体系のなかで生活している。かれはある言語(教会スラヴ語)で神に祈り、べつの言語でうたい、家庭生活では第三の言語を話している。また、読み書きのできる者に郷〔帝政時代のロシアの地方行政組織〕への請願書を書きとらせようとするときには、さらに第四の言語(公文書の言語〈官庁用語〉)で話そうとする。これらすべては、抽象的な社会方言的特徴という点から見てすら、**相異なる**諸言語である。けれども、これらの言語は農民の言語意識において対話的に相関してはいない。かれはひとつの言語からもうひとつの言語に、なにもかんがえずに、自動的に移行している。〔…〕かれはまだ、ある言語(とそれに相応する言語世界)を他の言語の眼で見ること(つまり日常生活の言語と日常生活世界を、祈禱または歌の言語で

見ること、またその逆）ができない。（3. 48-49）

ここまで極端ではないにしても似たようなケースは、方言を話せるおおくの方が経験しているのではないでしょうか。たとえばわたしは、いまは首都圏に住んでいますが、高校まで生まれ育った四国に帰ったときは地元の方言を話します。また、首都圏にいるときでも、母とは方言で話していました。同僚や友人などとは「共通語」で話しています。さらには、方言であれ「共通語」であれ、相手との関係で、ていねいであったり、くだけていたりします。ということは、複数の言語体系をつかいわけていることになります。

けれども、バフチンによれば、このままではまだ〈異言語混淆〉とはいえません。〈複数〉ではあっても、それらのあいだに相互照明がないからです。

この農民の意識において諸言語の批評的な相互照明がはじまるやいなや、つまりそれらが相異なる言語であるだけでなく、異言語混淆関係にある言語でもあること、これらの言語とわかちがたくむすびついたイデオロギー体系や世界観はたがいに対立しているのであって、なかよく相並んでいられるなどけっしてありえないことがあきらかになるやいなや、これらの言語の議論の余地がなくあらかじめ決まっている状態はおわり、諸言語間で位置

付けの能動的な選択がはじまるのである。（3. 49）

ここでも強調されているのは、言語どうしの対話ないし絡み合いであって、さらには、それらの言語は相異なるイデオロギーや世界観をともなっているということです。社会性をおびた〈内的対話〉、〈闘争〉ともいうべきでしょうか。はたして、それは具体的にはどのようなかたちをおびるのでしょうか。

じつは、バフチンは日常生活における〈異言語混淆〉の例をあげていません。例にあがっているのは小説です。というか、小説こそが〈異言語混淆〉を存分に活かしうるジャンルであるとみなしていました。バフチンがあげている具体例をひとつだけあげておきましょう。ディケンズの『リトル・ドリット』の一節です。

かの偉大なる名士、国家の誇りであるマードル氏は、その輝かしき足跡をしるしつづけた。社会からあれほど多くの金を作り出して社会に見事なる貢献をした人物が、いつまでも平民に留まっていることは許されぬ、というのが広く一般の了解だった。従男爵は間違いない、との噂があった。もっと上の爵位という話もしばしば口に上った。
（小池滋訳『ディケンズ　リトル・ドリットⅡ』集英社版世界文学全集34、一九八〇年、二六二頁）

バフチンはこの箇所についてつぎのように記しています。

これもまた、マードル氏にかんする偽善的な熱狂をよそおった世論への〔作者の〕虚偽の同調である。最初の文におけるマードル氏にたいする形容辞のすべては、世論による形容、すなわち隠れた他者のことばである。ふたつめの文――「社会から〔…〕広く一般の了解だった」――は、ことさらに客観的な文体のなかにあり、主観的見解ではなく、客観的でまったく議論の余地ない事実の承認として一貫している。「社会に見事なる貢献をした」という形容辞は、世論(公式的な賛美)の平面に全面的におかれているが、この賛美にたいする従属文――「社会からあれほど多くの金を作り出して」――は、〔引用文中に括弧にくくられて挿入されているような〕作者自身の言葉である。それにつづく主文は、ふたたび世論の平面にある。このようにして、作者の暴露的な言葉は、ここでは「世論」からの引用文のなかに、くさびのように打ちこまれているのである。(3. 59)

すなわち、ここでは作者の言葉と「隠れた他者の言葉」――世論――が「混淆」しています。その点では、第六章「モノローグが対話的なこともある」ですでにみた〈内的対話〉と大差がないようにおもわれるかもしれませんが、バフチンがことさら〈異言語混淆〉というときには、ある人物のことばと他人のことばとの絡まり合いというよりも、ある程度体系化している「言語」や「方言」どうしの絡まり合いを念頭においています。

ともあれ、この〈異言語混淆〉論は、バフチンがあげている例からみても、どうやら小説以外のジャンルや分野に応用するのはかなりむずかしそうです。けれども実際には、〈異言語混淆〉という用語自体はいまでは文学研究、心理学、教育学などをはじめとする諸分野において、バフチン自身の定義よりはゆるやかに、「人物や発話のなかに複数の声や見方が存在している」状態をさしてつかわれています。

ちなみに、バフチンは〈異言語混淆〉を問題にするさいに〈社会的言語〉なるものにも注目していました。多義的な用語ですが、バフチンのばあい、いまだ言語や方言として独立はしていないものの、そのような可能性をはらんでいる「潜在的方言」をさしています(3. 111)。まだま だ規模は小さいものの、いずれは成長して「言語」となるかもしれない社会集団の〈声〉に注目していたのです。小説には、そうした〈声〉をすくいあげ、〈異言語混淆〉というかたちで活かしていく力がある、というのがバフチンの持論でした。

これに関連して興味深いのは、第七章でふれたオープンダイアローグにおいて〈異言語混淆〉と〈社会的言語〉という視点が現場で「応用」されていることです。セイックラ、アーンキルの

『オープンダイアローグ』には、「私たちは同時にいくつもの言語を生きている。ネットワーク・ミーティングに参加するとき、私たちは心理士であると同時に家族療法家として参加しているし、もし問題を抱えた子どもの状況を話し合っているならば父親として、死について語り合っているならば大切な人を喪って悲しんでいる人として参加している。ある話題が変わるごとに、別の〈声〉へと切り替えるのである」と記されると同時に、「話し合いのたびにそれ自身の社会的言語が生まれ、それまでの話し合いとは異なったものとなる。それは固定化した意味体系ではない[24]」とも記されています。

さて、このように〈異言語混淆〉論がさまざまに活かされている一方、わたしたちのまわりではいまなお、こうした姿勢とは正反対の、「言語・イデオロギー的世界を統一し中心化する力」のほうが支配的であることも否めません。

単一言語というカテゴリーは、言語の統一化と中心化の歴史的過程を理論的に表現したものであり、言語の**求心的諸力**の表現である。単一言語とは、もともとあるものではなく、じっさいには、つねに課せられた〔考えだされた〕ものであり、言語生活のあらゆる瞬間において現実の異言語混淆に対立している。しかし同時に、単一言語は、この異言語混淆を克服し、それにたいして一定の限界を設定し、相互理解のマキシマムのようなものを保障し、支配的な〈日常的〉口語と標準語〈正しい言語〉からなる相対的ではあるが現実の統一体のなかで結晶している力として、現実的なものである。(3. 24)

バフチンによれば、こうした求心的な力が「ある支配的な言語〈方言〉による他の言語〈方言〉にたいする勝利や、この言語による他の諸言語の排斥、それらの奴隷化、真理の言葉による啓蒙、文化と真実の単一の言語への無学な人や社会的下層の吸収」をもたらしています(3. 25)。〈単一言語〉状態をめざす者たちは、地域内の他の諸言語や諸方言を圧迫、排斥し、みずからの言語を〈標準語〉化しようと図ります。またそれだけでなく、みずからの言語内も均一化、純化しようとします。

このように、対話的関係のなかで意味をつむぎだそうとする動きを阻止しようとする力は、なかなかあなどれません。

支配階級は、イデオロギー的記号に超階級的な永遠の性格を添え、そのなかでおこなわれているもろもろの社会的評価の闘争を沈め、内部に追いやり、記号を単一アクセントのものにしようとする。

実際には、あらゆる生きたイデオロギー的記号は、〔ローマ神話の〕ヤヌスのようにふたつの顔をもっている。ひろくもちいられているどんな罵言も賞讃の言葉となりうるし、通用しているどんな真理も他のおおくの人びとにとっては不可避的にたいへんな虚言にひびくにちがいない。**記号内部の**この**弁証法的性質**は、社会的危機や革命的変動の時代にのみ徹底的にあばかれる。社会生活のふだんの状態のもとでは、各イデオロギー的記号につめられた矛盾は、完全にはあきらかにされえない。というのも、確立し支配的となっているイデオロギーのなかでは、イデオロギー的記号はつねにいくらか反動的なものであり、いわば、社会生成の弁証法的流れにおける先行する契機を安定化させ、昨日の真実を今日の真実のごとくにアクセントづけようと図るからである。(9. 32)

バフチンからすれば、〈異言語混淆〉状態のほうが自然なはずなのですが、ここでも「幻想」のほうが優勢になりがちです。ちなみに、この〈異言語混淆〉の「言語」の部分は「文化」「集団」「民族」その他のさまざまな言葉におきかえることもできるでしょう。〈対話〉についてかんがえるさいには、このように、ことばそのものの実態がどのようなものであり、また、それがどのように操作され歪められたかたちで表面化されているかも、考慮に入れておきたいものです。

補

沈黙

これまで見てきたように、バフチンは、一九二〇年代後半より〈能動的な対話〉の意義をひときわ強調してきました。たがいに応答しあうような関係です。そうしたバフチンが、晩年のメモのなかで、幾度か〈沈黙〉に言及しています。

もっとも、それらのかなりの部分は、自身の独創的な見解ではなく、ドイツの哲学者オットー・フリードリヒ・ボルノーの『畏敬』(一九四七年)の該当箇所をバフチンなりにまとめなおしたものです[25]。

沈黙(声にださない状態)のさまざまな形式。奴隷や召使いの義務としての沈黙。沈黙的従属、軍人の沈黙的従順。本人の意思の欠如や上司の意思への全面的従属としての沈黙。これらのばあいは会話の可能性が排除されている。

用心深い沈黙や、自分の見解をのべたり自分の内面生活を語ることへのおそれ。沈黙は、ひとが隠れる仮面となっている。

これらと区別すべきは、沈黙的思考の沈黙、優越感の表現のような黙せる偉人の沈黙。沈黙は、自信をもち、ほかのものたちとの会話による点検や支えを必要としない、集中した内的思考の働きの表現ともなりうる。召使いの沈黙ではなく主の沈黙。大衆のおしゃべりに対置する高貴なるものの沈黙。

理解の通常の軌道からはじきだされたと感じたときの驚きや予想外からくる沈黙。誇りや軽蔑の沈黙。(6. 376-377)

ボルノー当人は、こうした沈黙よりも〈畏敬の沈黙〉のほうを主テーマとしていますが、バフチンとしてはむしろそれ以外のさまざまな沈黙のほうに関心があったようです。「集中した内的思考の働きの表現」としての沈黙などは、バフチンの〈内的対話〉観ともつながったことでしょう。ともあれ、こうしたメモから推測すると、バフチンは〈沈黙〉についても論考をものしようとしていたのかもしれません。

とはいうものの、ボルノーからの引用以外の箇所からうかがえるバフチンの〈沈黙〉観は、これまで見てきたような基本的立場と変わりありません。たとえば、ちょうどバフチン特有の〈モノ〉の世界と〈人格〉の世界の関係に対応するかのように、つぎのような対置をおこなっていました。

静寂と音。(静寂を背景にしての)音の知覚。**静寂と沈黙**(音の欠如)。間《ま》と言葉の始まり。音でもって静寂を破ることは、(知覚の条件として)機械的で生理的である。これにたいし、言葉でもって沈黙を破ることは、人格的で有意味的である。これはまったくべつの世界なのである。静寂においてはなにひとつひびかない(あるいはなにかがひびかない)が、沈黙においてはだれひとり**話して**いない(あるいはだれかが話していない)。沈黙は、人間世界においてのみ(そして人間にとってのみ)可能なのである。(6. 390-391)

〈静寂〉とはちがって〈沈黙〉には、〈声〉を発する可能性、話しはじめる可能性があることを強調しています。「沈黙は、人間世界においてのみ(そして人間にとってのみ)可能なのである」というくだりからしても、人間にとっての〈沈黙〉がもつ意義が重視されています。この点では、〈静寂〉と〈沈黙〉をひとくくりのものとして論じる立場とは好対照をなしています。

バフチンによる〈静寂〉と〈沈黙〉とのこのような対置の背景には、〈対話〉をひととひとのあいだでのみかんがえ、「自然と人間との対話」は問題にしないバフチンの基本的立場があります。人格が中心なのです。こうした立場にたいしては、「自然との対話」の意義があらためて見なおされてきている今日にあっては、ものたりないと感じたり、抵抗をおぼえる方もいるにちがいありませんが、相互の能動性を重視するバフチンからすれば、ひとと自然はやはりべつの存在であったのでしょう。

さらには、〈沈黙〉そのものもまた、あくまでも〈発話〉の流れのなかの一時的な「間《ま》」のようにみなされていました。「沈黙と、意味づけられた音（言葉）と、休止は、特別な言語圏、単一で連続した構造、開かれた（未完の）全体を形成している」とも記しているように（6. 391）、〈沈黙〉は〈発話〉の構成要素のひとつでしかありません。

〈聞かされたこと、たとえば号令にたいする〉能動的・応答的な理解は、行動〈理解し遂行を受け入れた命令や号令の実行〉となってじかに実現されることもあれば、沈黙の応答的理解のままにしばしとどまることもある。〔…〕けれどもこれは、いわば、遅延した行動による応答的理解である。聞かれ、能動的に理解されたことは、聴き手のそのあとのことばやふるまいのなかに、おそかれはやかれ応答を見いだすのである。（5. 169）

このように、比較的短い沈黙が念頭におかれていました。『哲学の諸問題』誌に掲載する予定があったとされる、〈他者の言葉〉をテーマとした原稿の草案にも、つぎのような箇所があります。

他者の言葉の問題の第一義性。文化的・社会的生活における機能にもとづく言葉の分類（権威的な言葉、無遠慮な言葉、非公開圏のことば）。沈黙の種類。ことばの交替。権威的な言葉の脱神聖化（世俗化）。（6. 420）

こうした並べ方からしても、やはりバフチンは他者の〈沈黙〉の問題も〈発話〉の一環としてとらえようとしていたものとおもわれます。つまるところバフチンは「発話中心主義者」でした。ひとは、みずから選択してではなく、もともと〈対話〉のなかにある、とかんがえるバフチンからすれば、〈沈黙〉はそれじたいで存在しうるのではなく、〈発話〉との関係においてのみ問題にされるべきものであったのでしょう。

とはいえ、さきに見たようなボルノーからの抜き書きはやはり気になります。あるいは、晩年のバフチンは〈沈黙〉の問題を再検討しようとしていたのかもしれません。

抜き書きにあげられているのは、いずれも「間」や「休止」などではなく、長い沈黙、ばあいによっては果てしがないかのような沈黙がほとんどです。とりわけ「用心深い沈黙」、「自分の見解をのべたり自分の内面生活を語ることへのおそれ」ゆえの沈黙は、〈心に染み入る対話〉

と深いところでつながっているものといえます。

この点では、わたしには、『苦海浄土』三部作（一九六九―二〇〇四年）をはじめとする一連の著作で水俣の受難によりそった石牟礼道子がうかんできます。『苦海浄土』はその全体が、まさに沈黙を余儀なくされた人びととの〈心に染み入る対話〉となっています。

また、これに関連して批評家・随筆家の若松英輔が環境学者、宇井純のことをつぎのように語っていたのにも、胸を衝かれました。


水俣病は、人から語ることを奪うことがある。身体機能として語ることができないということだけでなく、語ることができない苦しみと悲痛を強いる。そのことを深く認識することから始めなくてはならないというのです。

語り得ないものに遭遇し、語ることの意味が、消えそうになったところから語り出さなくてはならない。自分は語り得ないものに出会っている、という認識から出発しなくてはならない、と彼〔宇井純〕は感じている。

現代は、さまざまなところで意見が求められる時代です。人は、考える前に語ってしまう。宇井さんはそこに「否」を突きつけている。宇井さんは、沈黙のはたらきをよみがえらせようとしているのかもしれません。語られざる苦しみの声を沈黙のうちに聞き取ろう

とすること、また、沈黙と向き合うことなく意見を語り続けることで、人はあやまちを繰り返す、と警鐘を鳴らすのです。(26)

ことに、「沈黙と向き合うことなく意見を語り続けることで、人はあやまちを繰り返す、と警鐘を鳴らすのです」というくだりには、忸怩《じくじ》たる思いがしました。問題のはかりしれない深さにあらためて思いをいたしたしだいです。〈対話〉を問題にする以上、「沈黙と向き合う」べきなのです。

晩年のバフチンは、そのことを念頭においていたのかもしれません。けれども結局、バフチンは〈沈黙〉の問題に本格的にとりくむことなくおわっています。

ただここでは、〈沈黙〉に間接的につながっている問題として、対話のその場にいない〈第三者〉をめぐるバフチンの見解を再確認しておきたいとおもいます。〈超・受け手〉といういい方もしています。一一章の最後でもあげておいたようなケースです。

あらゆる発話は、(さまざまな性格、さまざまな近さ・具体性・自覚度等々の)受け手をつねにもっており、その応答的理解を言語作品の作者はさがしもとめ、予見している。これは〈第二者〉である。〔…〕しかしこの受け手(〈第二者〉)のほかに、発話の作者は、自覚の程度はさまざまであれ、高次の〈**超・受け手**〉（〈第三者〉）を前提にしており、その絶対的に公正な応答的理解が形而上学的なかなたや遠い歴史上の時間のなかに前提とされている（逃げ道としての受け手）。時代や世界観しだいで、この超・受け手はさまざまに具体的にイデオロギー的に表現される（神、絶対的真理、公平な人間的良心の裁き、民衆、歴史の裁判、科学、その他）。〔…〕どんな対話も、対話の参加者（パートナー）の上方にいる不可視の〈第三者〉の応答的理解を背景としているかのようにおこなわれる。(5. 337-338)

バフチンは、どんな対話にもこうした〈第三者〉がともなっているとのべていました。そもそもことばというものは「**聴かれる**ことをのぞんでおり、つねに応答的理解をもとめているのであって、**身近なもの**の理解に立ちどまることなく、どんどん遠くへ（無制限に）進んでいく」というのです(5. 338)。

この〈第三者〉は、眼には見えず、〈沈黙〉しています。わたしたちは、目の前にいる話相手がすべてをいいつくしているわけではないということを、あらためて承知しておかねばなりません。沈黙せる〈第三者〉に訴えている部分にこそ、核心があるかもしれません。

もちろん、〈沈黙〉そのものは、バフチンも抜き書きしていたように、さまざまです。世界には、強制的沈黙の具体例はこと欠きません。もみ消しや、言論への圧力などがまかりとおる一方、これに対抗する勢力は少数で、おおくは〈沈黙〉をまもっています。逆に、権力側から「沈黙は同意のしるし」であるかのようにいわれるしまつです。

けれども、状況はどうであれ、わたしたちとしては、さまざまな種類の〈沈黙〉、とりわけ強いられている〈沈黙〉に耳をすまし、〈応答〉できる構えだけは、つねにもっておきたいものです。もちろん、声にだされた〈発話〉にたいしても同様です。

〈応答〉は、かならずしもことばである必要はありません。バフチンがのべていたように、「眼、唇、手、魂、精神、身体全体、行為」による〈応答〉も可能なのです。

相手が悩みや苦痛をはじめとするさまざまな思いをさまざまなかたちで〈告白〉したのにたいして、ことばではなく、〈沈黙〉のうなずきだけを返したほうが、真摯な〈応答〉になっていることもあるのではないでしょうか。

おわりに

以上、バフチンの〈対話主義〉の特徴を見なおしてきました。

バフチン自身のことばを引用するさいには、日本語訳の有無にかかわらず、訳しなおすとともに、ロシア語原文の該当箇所を（引用の最後に括弧に入れて）あげておきました。ノートやメモのような、まだ日本語に訳されていないテクストからも、かなり引用しました。

全体を三部に分けてみましたが、第一部ではバフチンの対話論全体の基本的特徴、第二部では〈意識〉や〈真理〉など個々の問題にたいするバフチンの対話的アプローチ、第三部では主として〈ことば〉にかんするバフチンの見解をとりあげたつもりです。

ただし、計一二章（と補章）のいずれも相互に関連し合っていることも事実であり、それゆえ、すでにのべたことを反復せざるをえないことも多々ありました。そのほか、バフチンの対話論が示されているさまざまな分野から例を引いたがために、かえって読者の皆さんを混乱させはしまいかとの危惧もないわけではありません。筆者としてまず伝えたかったバフチン的対話主義の基本原理は、第一部でほぼ尽くされていることをことわっておきたいとおもいます。人間も社会も、それぞれが未完結で、相異なっていると同時に、対話的なのだということです。この〈対話〉は、外部の他者とだけでなく、内なる〈他者〉（もうひとりの自分）とのあいだでも交わされます。

バフチンの対話論については、本書とはちがった見方をする方々も存在します。こんなふうに整理できるものではなく、もっと複雑なはずだともいわれそうです。じっさい、バフチン研究者のなかにはその辺の問題を究めようとしているひともいます。

しかしわたしにとってのバフチンは、まず第一に、わたしたちをとりまくさまざまな問題をかんがえるさいの拠りどころなのです。政治や社会にはびこるモノローグ主義（対話の拒否）や同調主義をはじめ、他者軽視、いじめ、差別などの問題。さらにはケアやホスピタリティ、教育などのあり方……。

こうした問題をかんがえるさいに、バフチンはおおくの示唆をあたえてくれます。たとえば個々人の自立性や自由、差異をひときわたいせつにする一方、バフチンは、そこにとどまることなく、他者との〈あいだ〉や〈境界〉をも、あらたな意味が生まれる場として重視しています。

こうした点は、個々人の関係だけでなく社会運動においても欠かせません。じつは、今回〈ポリフォニー〉についてあらためて書いているときに、物理学者の高木仁三郎がつぎのような発言をしていることをおもいだしました。

物理学の話に戻りますけれど、共鳴というのは固有振動が外力の振動数とまったく同じ場合なんです。レゾナンスと言います。ところが、協和という現象がありまして、コンゾナンスというんですけど、これはちょうどコーラスでハモるというやつですね。同じ振動数ではなくて、違った振動数をお互いにとりながら全体としては一つの大きな調和がとれていく。コンゾナンスというのはレゾナンスに比べたら、多様性をかなり重んじた考え方になってくるわけですね。

どうもこれまでの運動論には、そのレゾナンスしかなくて、コンゾナンスに欠けるのではないかというところがあって、どうも共鳴だけに頼っていた運動論ではだめではないか、そこのところが出し切れなかったわけです(27)。

たがいの違いを認め合いながらも〈連帯〉していくといったところでしょうか。

バフチンを読んでいると、ひととひとが「混じりあうことなく」つながっていくために、各自が身につけておくべきとおもわれる基本原理によくでくわします。バフチンのいう、「外部との関係だけでなく自分の内部においても、対話性が染みこんでいくのが成長である」といったような内からの〈開かれ〉の精神は、わたしにとって理想のようなものです。あくまでも理想であって、現実にそのようにできているわけではとうていありませんが、その実現のためには〈能動的対話〉が欠かせないという見解には同意せざるをえません。たがいの〈未完結〉を強調するバフチンの姿勢も共感できます。他者はもちろんのこと、自分をも決定づけないことです。そのためには、よき〈距離〉のとり方も欠かせません。

このようにあげると切りがなくなってしまいそうですが、本書をしめくくるにあたり、バフチンがドストエフスキーの小説の特徴に関連してのべているつぎのような一節をあげておきます。これなども、けっして文学の枠内にかぎられた見方ではなかろうとおもいます。

世界では最終的なことはまだなにひとつ起こっておらず、世界の最後の言葉、世界についての最後の言葉は、いまだ語られてはいない。世界は開かれていて自由であり、一切はまだ前方にあり、かつまたつねに前方にあるであろう。（6. 187）

こうしたバフチン的「楽観主義」を、わたしたちも共有したいものです。わたしたちは、空間的に、時間的にも、つねに開かれているのです。この〈開かれ〉をいっそう豊かなものとするためにも、バフチン的対話主義を実践的に活かしたいものです。

＊

本書の執筆・刊行に当たっては、『20世紀ロシア思想史――宗教・革命・言語』（岩波現代全書、二〇一七年）に続き、岩波書店の編集者奈倉龍祐氏にたいへんお世話になりました。試行錯誤を重ねつつもここまでたどりつけたのは氏との創造的対話のおかげであり、装丁のイラストも含め、心より御礼を申し上げます。

二〇二一年七月

桑野　隆

注

（1）　ポリフォニー論については、本書の「3　ポリフォニー――自立した人格どうしの対等な対話」を参照。

（2）　バフチンがおもに『フランソワ・ラブレーの作品と中世・ルネサンスの民衆文化』（一九六五年）で展開したカーニヴァル論は、中世の人びとが、教会や封建領主に支配された「公式文化」のなかだけでなく、時空をかぎられていたとはいえ「非公式文化」のなかにも生きていたことを強調していた。とりわけ、自由で無遠慮な触れ合いが幅をきかせていたカーニヴァルの広場では、人びとは日常生活では不可能な「カーニヴァル的世界感覚」につらぬかれており、それを表現する独特の「言語」をもちいていた、という。支配的な真実や権力を相対的なものであるとみなし、交替・更新が可能であるとする世界感覚をともなった言葉・身振り・行動・衣裳その他の「言語」は、裏返し、反対、上下転倒等を特徴としており、その最たる例が道化的な戴冠と奪冠であった。

またバフチンは、カーニヴァルのような祝祭の広場に典型的に見られる笑いを、「民衆の笑い」ないし「カーニヴァルの笑い」と呼んでいる。それは、皆が笑い、皆が笑われるような「広場の笑い」であって、特定の一個人が滑稽なのではなく世界全体が滑稽なるがゆえに笑うものであった。この笑いは両面価値的《アンビヴァレント》であり、否定一辺倒ではなく、否定すると同時に肯定もする、あるいは笑殺する一方で新たな生をともなって甦生させるものであって、近代の一方通行的な諷刺の笑いとは根本的に異なっていた。

（3）　「対話」という用語をタイトルやサブタイトルにつかっている日本語文献としては、桑野隆『バフチン――〈対話〉そして〈解放の笑い〉』（岩波書店、一九八七年／新版、二〇〇二年）、マイケル・ホルクウィスト『ダイアローグの思想――ミハイル・バフチンの可能性』伊藤誓訳（法政大学出版局、一九九四年）、北岡誠司

『バフチン——対話とカーニヴァル』(講談社、一九九八年)、ツヴェタン・トドロフ『ミハイル・バフチン 対話の原理——付 バフチン・サークルの著作』大谷尚文訳(法政大学出版局、二〇〇一年)、桑野隆『バフチン——カーニヴァル・対話・笑い』(平凡社新書、二〇一一年/増補版、平凡社ライブラリー、二〇二〇年)などがあげられるが、いずれもバフチンの生涯と思想、すなわち全体像をあつかっている。ただし、トドロフ『ミハイル・バフチン 対話の原理』は、カーニヴァル論にはふれないかたちでバフチンの言語論、文学論を論じている。

(4)「交通」の原語は **общение**《オプシェーニエ》であり、露和辞典では「交際、交流、結びつき、接触、つながり、コミュニケーション」といった訳語があてられている。また、**коммуникация**《コムニカーツィヤ》というロシア語も存在し、「(情報・意思の)伝達、コミュニケーション」と訳されている。バフチンは、後者を通常はもちいない。ただ一九五〇年代前半に書かれていたとされる「ことばのジャンルの問題」では、「単純化された **коммуникация** 観」といったように、ことばのやりとりのなかに論理的関係のみを見てとるような立場を批判するさいにもちいている。すなわち、対話的関係のなかで発話を問題にする **общение** とは異なるというわけである。

(5)『白痴』あらすじ

ペテルブルグへ向かう列車のなかで、ムィシキン公爵と、商人の息子ロゴージンが知己になる。ムィシキンは、癲癇と精神障害の治療のため四年間滞在していたスイスから帰るところだという。ロゴージンは、父親から相続した莫大な遺産を受けとりにいくところであり、前々から惚れていた美人ナスターシヤに求婚しようとしている。

ペテルブルグに着くと、ムィシキン公爵は遠縁のエパンチン将軍家に向かう。エパンチン家の者たちは、ムィシキンの態度や振る舞いに好感をおぼえる。ムィシキンは、そこで眼にしたナスターシヤの肖像写真に心を奪われる。

ナスターシヤは金持ちのトーツキーの愛人であったが、エパンチン家の三人娘のいずれかと結婚しようとしているトーツキーは、ナスターシヤをエパンチン家の秘書ガヴリーラに嫁がせようとしている。ナスターシヤは、まだ幼いころからトーツキーの情婦となっており、世間の評判も悪かったが、気位は高かった。彼女を見初めたムィシキンは求婚する。だが彼女は、ムィシキンの優しさに気づきながらも、ロゴージンのもとに走る。その半年後、ロゴージンのもとからも逃走したナスターシヤの後を追って、ムィシキンがペテルブルグにあらわれる。ムィシキンと出会ったロゴージンは嫉妬の念からムィシキンを殺そうとするものの、ムィシキンが発作を起こし、周囲に気づかれたため未遂におわる。

やがて、エパンチン家の三女アグラーヤとムィシキンは相思相愛になる。だがアグラーヤは、ナスターシヤに寄せるムィシキンの心情を気にしている。

身を隠していたナスターシヤとロゴージンが町にもどってくる。アグラーヤは、ナスターシヤに会いに行き、ムィシキンとの関係をはっきりさせようと図るものの、結果的には、ムィシキンとナスターシヤが結婚することになってしまう。しかし、ムィシキンとの結婚当日になって、彼女はまたもやロゴージンと逃げだす。

ムィシキンがロゴージンの家に行くと、彼女はすでにロゴージンに殺されていた。ムィシキンとロゴージンは、かつておなじ相手を愛した者として、ナスターシヤの死体の脇で一夜を過ごす。翌朝発見されたとき、ムィシキンは元の白痴にもどっていた。ロゴージンは、裁判の結果、シベリア徒刑となる。

（6）『分身』あらすじ

主人公のヤコフ・ゴリャトキンは同僚からつまはじきになっている中年の下級官吏。みんなに愛される人気者になりたいと願うかれは、貸衣裳に貸馬車で、同僚の集まるはなやかなパーティへとでかけていく。しかし、そこにいあわせた男女はかれを無視。生真面目で要領の悪いゴリャトキンは、パーティで恥をかかされたうえ追いだされる。

ゴリャトキンは完全な失望状態におちいり、帰り道で自分そっくりの男に出会う。かれの分身であった。

職場に行くと、その分身がかれとおなじオフィスで働いていた。この新ゴリャトキンは、おべっか使いの陰謀家で、すみやかに集団にとけこんでいた。女性のあいだでもモテモテであった。旧ゴリャトキンは、この人物を自宅に招き、会話を交わすのだが、意見が合わない。

やがて、分身は主人公を侮辱しいやしめだす。同僚の面前でかれの頬をたたいたり、腹をつつく。そのあと出会ったときも、ゴリャトキンは握手の手を差しだすが、分身は握られた手を振りほどき、まるで汚れたかのようにハンカチで拭く。かくして分身は本物のゴリャトキンをあざけりわらい、同僚たちの前で侮辱するのであった。

いまやゴリャトキンは、上流階級層が開く催しに招待されることなどありえない。それどころか、どこからも招かれなくなる。女性からも嫌われる。結局、ゴリャトキンはすっかり絶望し、狂ってしまい、病院へと運ばれる。

(7) クリステヴァの唱えた「テクスト相互連関性」、「間テクスト性」は、バフチンのいう「ポリフォニー」とは異なる。クリステヴァ自身、バフチンが「どのようなテクストもさまざまな引用のモザイクとして形成され、テクストはすべて、もうひとつの別なテクストの吸収と変形にほかならない」ことを発見したとする一方、かくして「相互主体性という考え方にかわって、相互テクスト性〔intertextualité＝テクスト連関〕という考え方が定着する」とのべている（ジュリア・クリステヴァ『記号の解体学――セメイオチケ1』原田邦夫訳、せりか書房、一九八三年、六一頁。傍点は原文ママ）。

〈人格〉という社会的・歴史的存在を問題にするバフチンとは異なり、クリステヴァはテクストを他の諸テクストとの関係のなかで見つつも、それらのコンテクストとなっている人間や歴史は括弧に入れている。

(8) ヴォロシノフやメドヴェジェフの名で公刊されている著作のなかには、実際の著者はバフチンである（あるいは共著である）とみなされているものがある。ただし、この問題はいまなお最終的解決を見ていない。

(9) 本書では、ロシア語の **речь**《レーチ》には「ことば」、**слово**《スローヴォ》には「言葉」という訳語を当てているが、さしている内容に大差はなく、引用文以外では主として「ことば」という訳語をつかうことにする。

(10) バフチンのこうした基本的立場は、すべてが独創的なわけではもちろんない。バフチンもまた、多くの先駆者や同時代人からまなび、影響を受けている。

二〇世紀初頭に西欧で〈対話の哲学〉が目立っていたことには冒頭でもふれたが、たしかにバフチンの見解にはこれらの思想家と重なり合う部分がある。バフチンは、ヘルマン・コーエン、マックス・シェーラーなどを早くから読んでいたし、マルティン・ブーバーの著書にもある時期に親しんでいた。一九世紀の哲学者セーレン・キルケゴールやルートヴィヒ・フォイエルバッハの影響を指摘する者もいる。また、著書を読んでいたか否かはさておき、フランツ・ローゼンツヴァイクなどとの共通性も認められる。ほかにも、ロシアの宗教哲学者たちもふくめ何人かの人物の名もあげられている。

さらには、影響関係はないものの、サルトル、レヴィナス、ハーバマス、ガダマーその他との類似性も指摘されている。

その一方、これらのうちのだれからの影響がいちばん大きいかは断定できない。そもそも、バフチン自身、だれからなにをまなんだかを伏せているようなきらいがある。ただ、ここまでとりあげてきたバフチンの基本的見解からすれば、影響関係の有無はともかく、共通性という点ではまずはブーバーが思い浮かぶひとがおおかろう。

ブーバーは、ひとの態度によって変わるふたつの関係を〈われ―なんじ〉および〈われ―それ〉と呼んでいた。〈われ―なんじ〉の関係は、みずからをとりまく一切のものを、それ自体において意味を有している自立的な存在として認め、それらとの関係そのものをもとめていこうとする、人格的な応答である。これにたいし、〈われ―それ〉の関係は、みずからをとりまく一切を経験によって認識し、自分自身のために利用しようとする、機械的な適応である。応答のばあい、対象は人格となり、適応の場合、モノとなる。この点は、バフチンの〈対話〉と〈モノローグ〉に相応している。

また、ブーバーによれば、〈われ―なんじ〉におけるわれは、人格としてその姿をあらわし、主体として自己を意識する。また、ひとはなんじと接してわれとなり、われとなんじが現実を分かちもつことにより現存するようになる。このように、ブーバーは「出会い」とか「間の領域」を強調している。このほか、一見対話風に見せかけられたモノローグ云々にかんしても、バフチンに近い見方をしている。

ただし、ブーバーにあっては、モノも〈われ―なんじ〉の関係に入りうるとされている。また、〈永遠のなんじ〉すなわち神との対話が不可欠とされている。これにたいしてバフチンは、もっぱらひととひととの関係〈社会的交通〉を問題にしており、ブーバーのいう〈われ—それ〉を「モノの世界」「物象化」などと表現している。また、バフチンのいう〈人格〉は社会的・歴史的存在であることが重視されている。

（11）『罪と罰』あらすじ

青年ラスコリニコフは、ペテルブルグに住んでもう三年になる。地方に住む年金生活の母と家庭教師でかせいでいる妹ドゥーニャから仕送りを受けていたが、半年前にかれは大学を中退していた。ラスコリニコフは、すべての人間は凡人と非凡人に分けられるという理論にたどりつくとともに、自分は非凡人に属しているとかんがえている。えらばれし者には法を踏み越える権利があるとの考えをまとめて、新聞に寄稿もする。そしてこの説の正しさを確かめるため、「凡人」である金貸しの老婆アリョーナ〈とその妹リザヴェータ〉を殺す。殺害後、ラスコリニコフは老婆から金品を略奪し、気づかれることなく犯行現場から去る。そのあと、ラスコリニコフはすぐに後悔にさいなまれ、心身ともに消耗していく。

経験豊かで犀利な予審判事ポルフィリー・ペトロヴィチは、この事件を思想的動機の犯罪と考え、ラスコリニコフを疑っている。しかし予審判事はかれをただちに告訴はせず、ラスコリニコフと議論しながら心理的に追いつめていく。

ラスコリニコフは、酔いどれのマルメラドフと酒場で知り合う。その娘ソーニャは、大家族〈マルメラドフ一家〉を養うため娼婦となっていた。ラスコリニコフはソーニャに、自分がこの殺人事件の犯人であることを告白し、ソーニャは自首をすすめる。

そのとき隣室には、ラスコリニコフの妹ドゥーニャを付けねらっている紳士スヴィドリガイロフがいて、話を立ち聞きしていた。このことをのちに知ったラスコリニコフは、ますます苦しむ。

ラスコリニコフは、殺人自体は後悔していなかったものの、ポルフィリー・ペトロヴィチの追及もあって耐えきれず、苦しんだあげくに、ソーニャに背をおされて警察に自首する。

かれは八年間の懲役刑を受ける。ソーニャはラスコリニコフのあとを追ってシベリアにいき、日々なにくれとかれをささえる。

刑に服して一年が経ったころ、ラスコリニコフの心に転換が生じる。これまでの苛立ちや苦悩が消えて、自分が世界と和解し、生まれ変わった気持ちになる。ソーニャとラスコリニコフは、いっしょに新しい人生をはじめるために、刑の終了を待つのであった。

(12) 『貧しき人びと』あらすじ
舞台は一九世紀なかばのペテルブルグの場末。一七歳くらいの身寄りのない孤独な娘ワルワーラは、仕立物で身を立てている。おなじ安アパートの中庭をはさんだ向かいの部屋には、四七歳の独り者の貧しい小役人ジェーヴシキンが住んでいる。役所で書類清書係として働くかれは、周囲の者たちと口もきかず、ひたすら清書にとりくんでおり、他人からはばかにされていた。ワルワーラはジェーヴシキンの遠縁にあたっていた。小説はこの二人が半年に交わす五四通の手紙からなっている。

おたがい窓から顔を見合わせるくらい近くに住みながら、二人は手紙をとおして自分たちの身の上や隣近所の貧しい人びとの状況について語り合う。とりわけジェーヴシキンは手紙のなかで、役所での出来事だけでなく自分の部屋や趣味、読書などに関してもそのまま感情を吐露する。

かれは自身が貧しいながらも、不遇の過去を背負うワルワーラをはげまし、こっそりプレゼントを贈ったりもする。ワルワーラはジェーヴシキンを友人として愛しており、一方ジェーヴシキンは、じかに告白こそしていないものの、一女性として愛している。やがてワルワーラは病を患い、貧しさに耐えきれず、田舎の地主との結婚を決意する。それが幸せをもたらすものではないことを知りながら、ワルワーラはペテルブルグから去る。

(13) ハンナ・アレント『政治の約束』ジェローム・コーン編、高橋勇夫訳、ちくま学芸文庫、二〇一八年、七五頁。
(14) 同書、七六頁。
(15) ヴィゴツキー『精神発達の理論』柴田義松訳、明治図書、一九七〇年、二〇六頁。

なお、暉峻淑子『対話する社会へ』(岩波新書、二〇一七年)の第三章「対話の思想──なぜ人間には対話が不可欠なのか」では、ヴィゴツキーとバフチンが代表的な思想家としてとりあげられている。

(16) 斎藤環『オープンダイアローグとは何か』医学書院、二〇一五年、二四頁。

(17) ヤーコ・セイックラ、トム・エーリク・アーンキル『オープンダイアローグ』高木俊介・岡田愛訳、日本評論社、二〇一六年、一一六頁。

(18) 同書、三一─四一頁。

(19) 野口裕二『ナラティヴと共同性──自助グループ・当事者研究・オープンダイアローグ』青土社、二〇一八年、一一五頁。

また、井庭崇・長井雅史『対話のことば──オープンダイアローグに学ぶ問題解消のための対話の心得』(丸善出版、二〇一八年)は、すぐれた実践的入門書になっている。

(20) 藤沢令夫『プラトンの哲学』岩波新書、一九九八年、五七─五八頁。

(21) パウロ・フレイレ『被抑圧者の教育学』小沢有作・楠原彰・柿沼秀雄・伊藤周訳、亜紀書房、一九七九年、八八頁。

(22) マウリツィオ・ラッツァラート『出来事のポリティクス──知-政治と新たな協働』村澤真保呂・中倉智徳訳、洛北出版、二〇〇八年、二一二頁。

(23) 同書、二一〇頁。

(24) 前掲、セイックラ、アーンキル『オープンダイアローグ』一一〇─一一一頁。

(25) オットー・フリードリヒ・ボルノー『畏敬』岡本英明訳、玉川大学出版部、二〇一一年、七七─八二頁。

(26) 若松英輔「語らざるものたちの遺言──石牟礼道子と水俣病の叡智」、水俣フォーラム編『水俣へ 受け継いで語る』岩波書店、二〇一八年、一六三頁。

(27) 高木仁三郎『わが内なるエコロジー──生きる場での変革』農山漁村文化協会、一九八二年、一二九頁。

主要文献

1. *Бахтин М. М.* Собрание сочинений. Т. 1: Философская эстетика 1920-х годов. Москва, Русские словари, Языки славянской культуры, 2004.〔バフチン著作集 1:「1920 年代の哲学的美学」〕
2. *Бахтин М. М.* Собрание сочинений. Т. 2: «Проблемы творчества Достоевского»(1929); Статьи о Л. Толстом(1929)»; Записи курса лекций по истории русской литературы(1922-1927). Москва, Русские словари, 2002.〔バフチン著作集 2:「ドストエフスキーの創作の問題」「トルストイ論」「ロシア文学史講義(聴講者)メモ」〕
3. *Бахтин М. М.* Собрание сочинений. Т. 3: Теория романа(1930-1961 гг.). Москва, Языки славянской культуры, 2012.〔バフチン著作集 3:「小説の理論(1930-1961 年)」〕

4(1). *Бахтин М. М.* Собрание сочинений. Т. 4(1): «Франсуа Рабле в истории реализма»(1940 г.); Материалы к книге о Рабле(1930-1950-е гг.); Комментарии и приложения. Москва, Языки славянской культуры, 2008.〔バフチン著作集 4(1):「リアリズム史上におけるフランソワ・ラブレー」「ラブレー論のための資料」「注釈と付記」〕

4(2). *Бахтин М. М.* Собрание сочинений. Т. 4(2): Творчество Франсуа Рабле и народная культура средневековья и ренессанса (1965); Рабле и Гоголь(искусство слова и народная смеховая культура)(1940, 1970 гг.); Комментарии и приложение; Указатели. Москва, Языки славянской культуры, 2010.〔バフチン著作集 4(2):「フランソワ・ラブレーの作品と中世・ルネサンスの民衆文化」「ラブレーとゴーゴリ(言葉の芸術と民衆の笑いの文化)」「注釈と付記」「索引」〕

5. *Бахтин М. М.* Собрание сочинений. Т. 5: Работы 1940-х-начала 1960-х годов. Москва, Русские словари, 1996.〔バフチン著作集 5:「1940 年代-60 年代初頭の著作」〕
6. *Бахтин М. М.* Собрание сочинений. Т. 6: «Проблемы поэтики Достоевского»(1963); Работы 1960-х-1970-х гг. Москва, Русские словари, Языки славянской культуры, 2002.〔バフチン著作集 6:「ド

ストエフスキーの詩学の問題」「1960年代-70年代の著作」〕

7. *Бахтин М. М.(под маской)*. Фрейдизм; Формальный метод в литературоведении; Марксизм и философия языка; Статьи. Москва, Лабиринт, 2000.〔(偽名の)バフチン:「フロイト主義」「文芸学の形式的方法」「マルクス主義と言語哲学」ほか〕
8. *Волошинов В. Н.* Фрейдизм: Критический очерк. Ленинград, ГИЗ, 1927.〔ヴォロシノフ:「フロイト主義——批判的概説」〕
9. *Волошинов В. Н.* Марксизм и философия языка: Основные проблемы социологического метода в науке о языке. Ленинград, Прибой, 1929.〔ヴォロシノフ:「マルクス主義と言語哲学——言語学における社会学的方法の基本的問題」〕

引用したバフチンのテクストをふくんでいる日本語訳の書籍

『行為の哲学によせて/美的活動における作者と主人公 他』(ミハイル・バフチン全著作1)伊東一郎・佐々木寛訳,水声社,1999年.

『ことば 対話 テキスト』(ミハイル・バフチン著作集8)新谷敬三郎・伊東一郎・佐々木寛訳,新時代社,1988年.

『小説の言葉——付 小説の言葉の前史より』伊東一郎訳,平凡社ライブラリー,1996年.

『ドストエフスキーの詩学』望月哲男・鈴木淳一訳,ちくま学芸文庫,1995年.

『ドストエフスキーの創作の問題——付 より大胆に可能性を利用せよ』桑野隆訳,平凡社ライブラリー,2013年.

『バフチン言語論入門』桑野隆・小林潔訳,せりか書房,2002年.

『フロイト主義/文芸学の形式的方法 他』(ミハイル・バフチン全著作2)磯谷孝・佐々木寛訳,水声社,2005年.

『マルクス主義と言語哲学——言語学における社会学的方法の基本的問題 改訳版』桑野隆訳,未來社,1989年.

桑野 隆
1947年生まれ．東京外国語大学大学院(スラヴ系言語)修了．元早稲田大学教授．専攻はロシア文化・思想．主な著書に，『民衆文化の記号学』(東海大学出版会)，『未完のポリフォニー』(未來社)，『夢みる権利』(東京大学出版会)，『バフチン 新版』(岩波書店)，『バフチンと全体主義』(東京大学出版会)，『危機の時代のポリフォニー』(水声社)，『20世紀ロシア思想史』(岩波現代全書)，『増補 バフチン』(平凡社ライブラリー)，『言語学のアヴァンギャルド』(水声社)など．主な訳書に，バフチン『マルクス主義と言語哲学 改訳版』(未來社)，『バフチン言語論入門』(共訳，せりか書房)，バフチン『ドストエフスキーの創作の問題』(平凡社ライブラリー)，トロツキイ『文学と革命』(岩波文庫)，『ヤコブソン・セレクション』(共訳，平凡社ライブラリー)，オリガ・ブレニナ＝ペトロヴァ『文化空間のなかのサーカス』(白水社)，アンナ・ラーツィス『赤いナデシコ』(水声社)など．

生きることとしてのダイアローグ
――バフチン対話思想のエッセンス

2021年9月16日 第1刷発行
2024年2月15日 第3刷発行

著 者 桑《くわ》野《の》 隆《たかし》

発行者 坂本政謙

発行所 株式会社 岩波書店
〒101-8002 東京都千代田区一ツ橋2-5-5
電話案内 03-5210-4000
https://www.iwanami.co.jp/

印刷・精興社 製本・松岳社

ISBN 978-4-00-061490-0 Printed in Japan